weissbooks.w

Luna Al-Mousli, geboren 1990 in Melk (Österreich), aufgewachsen in Damaskus, lebt und arbeitet als selbstständige Autorin, Grafik-Designerin und Illustratorin in Wien. Sie studierte Grafik-Design an der Universität für Angewandte Kunst. Für ihr Debüt *Eine Träne. Ein Lächeln. Meine Kindheit in Damaskus* (weissbooks.w, 2016) wurde sie unter anderem mit dem Österreichischen Kinder- und Jugendbuchpreis 2017 ausgezeichnet.

www.luniverse.xyz

Für Tete und Tete

Luna Al-Mousli
Als Oma, Gott und Britney sich im Wohnzimmer trafen oder Der Islam und ich

weissbooks.w

Als Oma, Gott und Britney sich im Wohnzimmer trafen

und du dazu kamst
und eine Geschichte
erzählt hast.

Es war einmal
es war keinmal
bis es einmal war

Ich war noch recht klein, als ich zu meiner ersten Koranstunde ging. Wir waren eine Gruppe von Kindern, die sich alle kannten, Gebetsrituale und Koranverse lernten und viel bastelten – von Nudelbilderrahmen bis hin zu Tieren aus Blättern und Rosenblüten. In den Koranversen ging es immer um Geschichten von alten Völkern oder Propheten. Es war wie eine Märchenstunde – und ich liebte das. Denn immer wurde von Superhelden erzählt, die erst Außenseiter waren und dann magische Kräfte entwickelten.

Sie konnten mit Tieren sprechen, über Wasser oder durch Feuer gehen und sogar kranke Menschen heilen. Solche Superkräfte wollte ich auch haben. Oder die Geschichten handelten von Menschen, die riesige Schiffe bauten oder im Inneren eines Wales lebten.

Ich hingegen schaffte es nur, gerade mal einige Sekunden unter Wasser zu bleiben, und wenn ich etwas Großes wie ein Schiff bauen wollte, hieß es sofort: »Luna, schau dir an, was für einen Saustall du gemacht hast. Räum das sofort auf!« Noah hatte bestimmt einen noch größeren Saustall gemacht, aber seiner Oma war eine saubere und ordentliche Wohnung scheinbar nicht so wichtig. Ich musste alles wieder dort hinstellen, von wo ich es genommen hatte. Alles musste ich wieder auseinanderbauen und sämtliche Einzelteile an ihren Platz zurückbringen. Mein Schloss aus den Decken und Laken des gesamten Hauses konnte ich gar nicht einweihen. Nur wenige Minuten nach der Fertigstellung wurde es zerstört.

Die Geschichten in der Koranstunde waren oft auch sehr dramatisch. Die Superhelden mussten ihre Heimat verlassen, in die Ferne ziehen und wieder ganz von vorn anfangen. Aber immer kämpften sie gegen das Böse und retteten die Menschheit. Also wie Batman und Superman, nur ohne Maske und Cape. So war die Koranstunde fast besser als Fernsehen. Ich hörte gebannt zu und malte mir im Kopf Bilder aus. Viele Erwachsene glauben diese Geschichten natürlich nicht und finden es komisch, wenn manche Kinder es tun.

Im Biologieunterricht stand die Evolutionstheorie immer im direkten Widerspruch zum

Glauben. In den Diskussionen mit meiner Oma merkte ich aber, dass es da genügend Interpretationsspielraum gab. Beides konnte miteinander verbunden werden.

Wenn die Geschichte von Adam und Eva erzählt wurde, stellte ich mir beide sehr haarig und riesengroß vor. Ich bin sicher, in der bildenden Kunst werden bis heute falsche Bilder von ihnen gemalt. Beide sind immer attraktiv, frisiert und rasiert. Dabei müssen sie doch eher wie Affen ausgesehen und auch so gerochen haben. Nichts an ihnen war sexy. Es gab doch damals keine Beauty-Salons mit Peeling- und Laserbehandlungen! Auch im Paradies nicht. Geschweige denn Waxing-Studios, in denen man Eva eine Brazilian-Waxing-Behandlung empfohlen hätte. Wie kann es also sein, dass selbst Adam keine Beinbehaarung hatte, nicht einmal Achselhaare?

Ich habe mich aber nie getraut, mit anderen über meine Zweifel zu reden, weder im Osten noch im Westen. Gläubige Menschen wollen glauben, dass Adam und Eva gepflegt und schön aussahen, vor allem weil wir doch alle von ihnen abstammen. Ist doch so, oder?

In der Koranstunde lernte ich auch, dass ich immer »Bitte« und »Danke« sagen soll und dass Gott die Gebete der Kinder eher erhört als die der Erwachsenen.

Wenn Oma Habiba betete, stellte ich mich dazu. Sie las lange Suren aus dem Koran, die ich alle nicht kannte. Also bewegte ich meine Lippen so, als ob ich ihr nachsprechen würde. Auf diese Weise hatte ich genug Zeit, mir zu überlegen, was ich mir von Gott wünschte. Vielleicht etwas Großes, das mir meine Familie nie kaufen würde – oder doch besser etwas, woran sich die ganze Familie erfreuen könnte?

Ich wünschte mir immer, dass wir nie auf Zatar (eine arabische Gewürzmischung, die zum Frühstück sehr beliebt ist) verzichten müssten. Nun ja, obwohl ich jetzt in Wien wohne, habe ich immer Zatar zu Hause, obwohl man es in Österreich kaum kaufen kann. Ich habe sogar verschiedene Sorten.

Vielleicht hätte ich mir etwas anderes wünschen sollen? Als ich älter wurde, wünschte ich mir dann viel bedeutendere Dinge. Dass in Palästina keine Kinder mehr sterben oder dass es den Waisenkindern, die wir immer zu den

Festtagen besuchten, besser gehe. Keinen dieser Wünsche hat Gott je erfüllt. Möglicherweise war ich schon zu alt und Gott damit beschäftigt, sich um die Wünsche der Jüngeren zu kümmern. Und so betete ich auch weniger. Oma sagte mir dann, Beten sei wie Telefonieren. Sie fragte mich, wie oft ich mit meinen Freunden und Freundinnen telefonieren würde. Mindestens zweimal am Tag, das wusste sie ganz genau, da wir

nur ein Telefon für zehn Leute hatten. Immer war irgendwer von uns am Apparat, am seltensten mein Opa. »Wenn du betest, telefonierst du mit Gott. Du sagst ihm, wie es dir geht, wie dein Tag war, und fragst ihn nach seinem«, sagte sie.

Gott muss echt eine hohe Telefonrechnung haben, dachte ich mir. Wenn man überlegt, dass Muslime fünf Mal am Tag beten, so bekam er allein aus unserem Haus pro Tag mindestens fünfzig Anrufe. Doch was, wenn er keinen Strom hatte oder er mal nicht erreichbar war? Schrieben sich die Engel auf, was ich ihm sagen wollte? Oder was war, wenn er gerade nicht mit einem reden wollte oder heiser vom vielen Reden war?

Neben unserem Telefon lagen zwei Bücher. Ins schwarze Buch wurden mal sorgfältig, mal chaotisch die Telefonnummern von Freunden, Bekannten, dem Supermarktverkäufer und den vielen Fast-Food-Lieferservices reingeschrieben. Im roten Buch hingegen standen Notizen von Anrufen neben Kritzeleien und Zeichnungen, die man bei einem langen Telefongespräch eben so machte. Darüber hinaus beinhaltete es Adressen, Uhrzeiten und noch mehr Telefonnummern.

Ich schrieb ungern Notizen für andere auf, daher sagte ich, man solle später noch einmal anrufen, oder tat nur so, als ob ich zuhörte, indem ich ab und zu ein Wort oder ein Geräusch von mir gab. Gott musste also auch ein sehr dickes Telefon- und Notizbuch haben und viele Helfer, die immer zu Hause waren und gern ans Telefon gingen. Und was machte er wohl beim Freitagsgebet? Da beteten unglaublich viele Menschen gleichzeitig. Ich hatte mir die Bilder von Mekka im Fernsehen angeschaut. Da standen Tausende gleichzeitig auf und knieten nieder. Das machte bestimmt einen unglaublichen Krach …

Die Menschen in Mekka sahen auch alle gleich aus und hatten weiße lange Kleider an – als hätten sie sich ihre Bettlaken umgewickelt. Es war immer einer von Oma Habibas sehnlichsten Wünschen gewesen, nach Mekka zu reisen, die Kaaba zu sehen und den Haddsch, die Pilgerfahrt, zu machen. Der Haddsch ist nämlich die fünfte Säule des Islam.

Ich verstand nicht, was sie daran so interessant fand. Da liefen Millionen von Menschen, die sich nicht kannten, gemeinsam im Kreis um einen großen schwarzen Würfel herum und versuchten auf diese Weise, Gott näherzukommen. Faszinierend aber ist natürlich, dass beim Haddsch so viele Menschen aus aller Welt zusammenkommen, dass er zu den größten jährlichen Zusammenkünften weltweit zählt. Es muss überwältigend sein, bei einem solchen Ereignis dabei zu sein. Große Menschenmassen, die sich für ein gemeinsames Ziel am gleichen Ort versammeln, erzeugen ja eine ungeheure Energie, die im ganzen Körper spürbar ist. Ich kenne das, auch ich bin immer wieder davon beeindruckt, wenn ich zu großen Demonstrationen, Kundgebungen oder Versammlungen gehe. Und besonders dann, wenn ich sehe, wie viele unterschiedliche Menschen zusammenkommen!

Für Oma war es also in erster Linie eine religiöse Reise, bei der sie aber auch einmal diese Wucht der Menschenmasse erleben wollte. Leider hatte sie vor lauter Programm gar keine Zeit, sich die heiligen Bauwerke genauer anzuschauen oder sich mit ihrer Architektur und Entstehungsgeschichte zu befassen. Einige Jahre später erzählte sie mir, dass es in Mekka so voll gewesen sei, dass sie ihre eigenen Füße nicht mehr sehen konnte. Ich hätte ihr einen Spaziergang im Grünen empfohlen. Der wäre entspannter gewesen. Ich bin mir sicher, dass sie dort die Ruhe gefunden hätte, um Gott und seiner Schöpfung nahezukommen. Beim Haddsch hingegen hatte sie noch nicht einmal einen guten Blick auf die Kaaba, weil alle wie verrückt drängelten, um den heiligen Schwarzen Stein zu sehen, und ihr die Sicht versperrten.

Vor einigen Monaten diskutierte ich mit meiner anderen Oma über diesen Stein. Oma Hayat und Oma Habiba kamen aus dem gleichen Dorf und kannten sich seit ihrer Kindheit. Allerdings heiratete die eine einen Unternehmer und zog nach Damaskus, die andere einen Arzt und zog nach Österreich. Als Kinder gingen sie in die gleiche Schule und waren sich in vielerlei Hinsicht sehr ähnlich, auch was ihren Glauben betraf. Oma Hayat meinte allerdings schmunzelnd: »Glaubst du wirklich, dass der Stein, den heute Millionen von Menschen streicheln und küssen, der echte Stein ist? Würde man ihn einmal untersuchen, wäre schnell klar, dass es eine Fälschung ist. Außerdem würden sich ja auch alle möglichen Krankheitserreger auf diesem Stein finden.« Oma Hayat war auf jeden Fall die realistischere von den beiden.

In einer Geschichte hieß es, der Stein stamme aus dem Paradies. Das schien mir eine standardisierte Erklärung für alles zu sein, für das sich keine wirkliche Erklärung fand. Oder bedeutete es vielleicht, dass das Paradies irgendwo im Weltall lag? Vielleicht auf einem anderen Planeten, den wir noch nicht erforscht hatten, oder noch weiter weg, in einem ganz anderen Sonnensystem? In der Schule erklärte uns die Religionslehrerin die Geschichte Mekkas und erzählte davon, wer diesen Ort schon alles besucht hatte: Abraham, Ismael, der Engel Gabriel und Mohammed. Ich wusste also, dass Mekka ein ganz besonderer Ort sein musste. Das war unsere Wohnung in Damaskus aber auch. Zu uns kamen auch ständig besondere Menschen. Im Unterschied zu Mekka war es bei uns jedoch egal, welcher Konfession die Gäste waren.

Eigentlich ist es doch absurd, dass nicht jedem erlaubt ist, nach Mekka zu reisen, dachte ich mir. Ich hatte gelesen, dass nur Menschen muslimischen Glaubens diese Stätte besuchen durften. Das Heiligtum wurde mit großen Straßensperren abgeschirmt. Wie aber wurde überprüft, ob die Person, die durchkommen wollte, muslimisch war oder nicht? Musste diese Person eine Sure aus dem Koran auswendig rezitieren? Oder bekam sie einen Religionstest mit Multiple-Choice-Fragen vorgelegt?

Überall stand geschrieben, dass die Kaaba Gottes Haus sei. Das glaubte ich nicht, denn für Gott wäre sie viel zu klein gewesen. Sie hatte keine Fenster, kein Klo und keine Telefonanschlüsse. Wie konnte Gott so seiner Arbeit nachgehen? Wie konnte er sich konzentrieren, wenn sich so viele Menschen vor seiner Haustür aufhielten?

Oma war außerdem der Ansicht, dass alle Moscheen, Kirchen und Synagogen Gottes Haus sind. Auch jeder Ort, an dem an Gott gedacht wurde; jedes Zimmer, jede Gasse, jedes Treppenhaus. Gott sei flexibel in der Auswahl seiner Unterkunft und äußerst anpassungsfähig.

Gott musste also echt viele Häuser haben und konnte so jeden Tag an einem anderen Ort verbringen und durch die Welt reisen. Doch keines dieser großen Häuser hatte er selbst errichtet. Es waren immer die Menschen, die ihm zu Ehren etwas bauten. Nur fragte ihn keiner, was er sich eigentlich wünschte. In der Kaaba wäre es ihm sicherlich langweilig geworden. Sie ist nicht mehr als ein Würfel, der mit goldenen arabischen Schriftzeichen verziert ist. So was hätte ich für uns im Wohnzimmer nachbauen können. Mama hätte mir dabei geholfen, auch Tante Sana, die eine sehr schöne Handschrift hatte. Dafür hätte Oma nicht ihre Koffer packen und ein Ticket kaufen müssen. Schon früher hatte sie einmal versucht, ein Visum für die Reise nach Mekka zu bekommen, das hatte aber nicht geklappt. Da hatte sie extra jahrelang für diese Reise gespart und bekam dann, ohne Erklärung und trotz gültiger Papiere, eine Absage von den saudischen Behörden! Wie wurde bestimmt, wer diese Reise antreten durfte und wer nicht? Wurde bei jedem Namen eine Münze geworfen? Oder entschied man mittels Schere, Stein, Papier, so wie wir Kinder es immer taten, wenn wir uns nicht einigen konnten und trotzdem fair sein wollten?

Da der Haddsch ein so wichtiger Teil des Islam ist, ging ich davon aus, dass jene Muslime Vorrang hätten, die bisher alles richtig gemacht hatten und kontinuierlich an sich weiterarbeiteten. Aber wie trat Gott mit den saudischen Behörden in Kontakt, um ihnen seine Beobachtungen mitzuteilen? Auf jeden Fall war ihnen beim Antrag meiner Oma ein Fehler unterlaufen. Sie war ein so liebevoller und ehrlicher Mensch, betete ständig, bezog Gott in all ihre Entscheidungen ein und tat keiner Fliege etwas zuleide. Sie war dann natürlich sehr traurig, tröstete sich aber selbst mit dem Gedanken, dass es eben nicht Gottes Plan und die Reise für sie in diesem Jahr nicht vorbestimmt gewesen sei.

Komisch nur, dass Bekannte von Oma mehrere Jahre in Folge nach Mekka reisten. Nicht einmal Mohammed hat das getan. Er war nur ein Mal für den Haddsch dort. Für die wiederholten Reisen dieser Bekannten gab es also nur zwei Erklärungen: Entweder hatten sie in der Zwischenzeit so viele Sünden begangen und so viele Menschen verletzt, dass sie in Mekka um Vergebung bitten mussten, weil normale Gebete dafür nicht mehr ausreichten. Oder sie kannten jemanden in der saudischen Behörde, der ihre Dokumente entsprechend abstempelte. Sie prahlten immer damit, dass sie wieder nach Mekka reisen würden.

An einem Freitag erzählte Oma in der Familienrunde, dass sie diese Bekannten jetzt einmal besuchen würde. Es war üblich, dass alle Verwandten, Bekannten und Freunde die Reisenden nach ihrer Rückkehr aus Mekka aufsuchten, um sich alles erzählen zu lassen. Spitz fügte Oma jedoch hinzu, dass es doch egoistisch und unfair sei, dass manche den Haddsch wiederholt antreten würden, anstatt auch einmal anderen den Vortritt zu lassen. Sie würden schließlich durch die ständigen Reisen nach Mekka nicht zu besseren Muslimen werden. Da wäre es doch besser, das Geld zu spenden oder jemanden, der sich die Reise nicht leisten konnte, zu unterstützen. Ich spürte, dass Oma Habiba irgendwie sauer war, enttäuscht und ärgerlich, aber sicher auch ein bisschen neidisch. Opa Najm war das ganze Theater um die Mekka-Reise eher gleichgültig; er hörte ihr zu – und sagte nichts.

Als es dann endlich so weit war und Oma sich auf diese bedeutende Reise machen konnte, musste er jedoch mitfliegen, weil Frauen nur mit einem männlichen Verwandten nach Mekka reisen durften. In andere Länder durfte Oma auch allein reisen, aber für die Fahrt nach Mekka brauchte sie auf einmal einen männlichen Begleiter. Dabei wäre Opa im Ausland ohne sie viel aufgeschmissener gewesen. Amme Samira, die Schwester meines Opas, schloss sich bei dieser Gelegenheit an. Da sie nicht verheiratet war, musste sie mit ihrem Bruder fliegen. Ich fand diese Mekka-Reisen schon ziemlich kompliziert.

Ich war glücklich, als Omas Wunsch in Erfüllung ging, aber auch traurig, weil sie, Opa und Amme Samira, *mich* nicht mitnahmen. Ich war so klein, dass ich problemlos in einen Koffer gepasst hätte. Das hatte ich mit meiner Schwester ausprobiert. Sie packten ihre großen Koffer und verabschiedeten sich von der ganzen Familie. Selbst zum Flughafen durfte ich nicht mit, weil das Auto schon voll war. Ich durfte auch nicht mit, als sie wieder vom Flughafen abgeholt wurden. So wartete ich mit den anderen zusammen auf dem Balkon und beobachtete die vorbeifahrenden und einparkenden Autos.

An unserem Hauseingang wurde derweil festliche Beleuchtung angebracht, und Männer in traditionellen Gewändern und mit Trommeln warteten auf die Rückkehr meiner Verwandten. Als sie aus dem Auto stiegen, stellten sich die Männer in zwei Reihen auf und schauten einander an. In der Hand hielten sie ihre Trommeln – außer einer, der hatte ein Blasinstrument. Die Männer fingen an zu singen und zu musizieren, um die Heimkehrer willkommen zu heißen. Einer sprang inmitten der Reisegruppe hin und her und klatschte in die Hände. Auch alle Nachbarn versammelten sich entweder auf ihren Balkonen oder in unserem Treppenhaus und klatschten und schnipsten mit den Fingern. Sogar Passanten blieben stehen, beobachteten die Festivitäten und beklatschten die Ankömmlinge, obwohl sie sie gar nicht kannten.

Als Oma, Amme Samira und Opa endlich in die Wohnung kamen, liefen wir schnell hin, um sie zu umarmen. Die Tanten kochten schon

Kaffee, und alle gingen in den Salon. Auch die Nachbarn folgten dem Trubel und kamen kurz zu uns, um auch einen Kaffee zu trinken, Datteln zu essen und die drei Heimkehrer willkommen zu heißen. Die singenden Männer verschwanden bald wieder, übrig blieben nur die Leuchtketten am Hauseingang und die Verwandten, die einfach nur herumstanden oder zwischen Küche, Salon und Wohnzimmer umherwanderten.

Ich konnte es kaum erwarten, bis Oma, Opa und Amme Samira ihre Koffer auspackten. Bei langen Reisen brachten sie uns immer etwas mit, und auch diesmal hatten sie einen Koffer voller Geschenke dabei. Zuerst fingen sie jedoch mit den Erwachsenen an. Jeder Familie brachten sie eine Schachtel mit saudi-arabischen Datteln und eine kleine Flasche Moschus- oder Myrrhe-Duft mit. Wir waren schon ganz ungeduldig, als Oma endlich rief: »Jetzt sind die Kleinen dran.« Damit waren wir gemeint.

Jedem Geschwisterpaar hatten sie Bettlaken mit dazugehörigen Kissenbezügen mitgebracht. Meine Schwester und ich bekamen ein Paket mit Aladdin-Motiv. Außerdem schenkten sie uns Mädchen goldgefärbte Armreife mit bunten Streifen und eingearbeiteten Mustern, jede bekam fünf. Nur leider verschwand die Farbe nach mehrmaligem Waschen … Egal, cool war jedenfalls, dass die Reife bei jeder Bewegung schepperten und unglaublich viel Lärm machten. Oma bereute ihren Kauf sehr. Sie hatten aber noch etwas mitgebracht aus Mekka, etwas äußerst Merkwürdiges, sogenanntes Zamzam-Wasser. Das war in Flaschen abgefülltes Wunderwasser, das aus einer ganz besonderen Quelle stammte. Man erzählte, es käme direkt aus dem Paradies und hätte heilende Kräfte.

Ich betrachtete das Wasser in der Hoffnung, ihm diese Kräfte auch äußerlich ansehen zu können. Doch es war so durchsichtig wie das Wasser, das aus dem Wasserhahn kam. Amme Samira füllte mir ein bisschen in eine kleine arabische Kaffeetasse. Sie riet, ich solle mir zuerst überlegen, was ich mir von Gott wünsche, und es erst dann langsam trinken. Ich trank so langsam, dass ich mich an dem wenigen Wasser verschluckte und meinen Wunsch nicht richtig aussprechen konnte.

Es unterschied sich auch im Geschmack nicht von normalem Leitungswasser. Wenn es Wasser aus dem Paradies gewesen wäre, hätte es doch auch den Geschmack ändern und jede Geschmacksrichtung annehmen können! Von Milch über Cola bis hin zu Erdbeersaft. Aber es war einfach nur kälter als das normale Wasser, was vielleicht aber daran lag, dass die

Zamzam-Flaschen im Kühlschrank gelagert wurden. Ich wartete Stunden und beobachtete, ob sich etwas veränderte, in der Wohnung, in meinem Körper, in der Umgebung. Es blieb alles wie immer. Also bei mir hatte das Wasser nichts bewirkt.

Auch während der nächsten Tage stand unsere Tür nachmittags weiter für alle offen. Amme Samira, Oma und Opa mussten immer zu Hause sein, weil einige Bekannte, Freunde, Nachbarn und Arbeitskollegen sie begrüßen wollten. Wir servierten immer das Gleiche: Kaffee oder Tee mit Datteln und Keksen. Und wenn die Gäste verabschiedet wurden, durften sie sich ein Stück vom Schokoladen-Teller nehmen.

Ich bewunderte, wie geduldig Oma, Opa und Amme Samira waren, denn alle stellten immerzu die gleichen Fragen über die Reise und unermüdlich sprudelten die gleichen Antworten aus ihren Mündern. Mit Humor erzählten sie ihre Reiseanekdoten so, als ob sie es zum ersten Mal täten. Ich wusste bereits, wo Opa seine dramaturgische Pause machen würde, trotzdem fesselte er mich wieder und wieder mit seiner Geschichte. Ich wusste genau, wo Amme Samira ihren Witz einbaute, und trotzdem lachte ich, bis mir die Tränen kamen. Ich wusste im Voraus, wann Oma ihren Kommentar einschieben würde, und trotzdem staunte ich immer wieder aufs Neue. Genau so wollte ich auch einmal Geschichten erzählen können. Das wusste ich schon in diesem Moment, als ich auf dem Wohnzimmerteppich saß.

Wenn im Herbst die Teppiche hervorgeholt wurden, war das ein einzigartiges Ereignis. Ein Tag wurde ausgemacht, die Putzfrau kontaktiert, und früh am Morgen ging es los. Nachdem der Boden geputzt war, wurde die große Metallleiter aufgestellt, um die Teppiche aus der Abstellkammer über dem Bad zu holen. Die Teppiche waren so riesig, dass Mama in der Kammer stand, meine Tante auf der Leiter, unten die Putzfrau und Oma ganz am Ende dieser Reihe. Jede hielt den Teppich mit einer oder beiden Händen fest, um ihn anschließend langsam in das für ihn bestimmte Zimmer zu tragen. Im Wohnzimmer mussten wir alles auf eine Seite schieben, um den Teppich auszurollen. Der Geruch der Mottenkugeln, die im Teppich versteckt waren, füllte den ganzen Raum. Oma machte das Fenster und die Balkontür auf.

Das große Putzen fing gleich danach an. Oma holte kleine Wasserbehälter und Teppichbürsten, die wir nur zwei Mal im Jahr benutzten. Bei Herbstbeginn, wenn die Teppiche ausgerollt, und bei Frühlingsbeginn, wenn sie wieder eingerollt wurden. Die Teppiche wurden sorgfältig mit den nassen Bürsten bearbeitet. Ich orientierte mich an den Mustern von einer Blume zur nächsten, unterbrochen von Vierecken und Vögeln. Oma sammelte die Mottenkugeln ein und legte sie in eine Box, die sie im Wohnzimmerschrank aufbewahrte. Langsam schwand der Geruch der Mottenkugeln und ein herrlicher Jasmin-Duft übernahm.

Der gleiche Vorgang wurde wiederholt, bis alle großen und kleinen Teppiche aus der Abstellkammer ihren Platz in der Wohnung eingenommen hatten. Am Tag der Teppiche wurde es in der Wohnung wieder wärmer und es hallte nicht mehr. Wir durften weder mit Straßenschuhen noch mit Hausschuhen auf den Teppich – nur barfuß oder mit Socken. Mithilfe der Teppichmuster erfanden wir unsere eigenen Spiele. Manche Ornamente gaben uns Kraft, während andere uns erstarren ließen. Wir liebten es, Spiele zu erfinden und eigene Regeln aufzustellen, die wir jederzeit brechen durften.

Wir haben bei Oma Habiba oft unabsichtlich Dinge kaputt gemacht. Meist konnten wir unsere Taten gut vertuschen, doch ein paarmal flogen wir auf. Zum Beispiel als die Vase im Salon kaputtging. Wir sammelten alle Scherben auf und versteckten sie auf dem Regal hinter der Tür. Als meine Oma zum Muttertag Blumen bekam und die Vase zerbrochen vorfand, war sie sehr traurig; da gestanden wir unsere Tat. Wir kauften ihr von unserem Taschengeld eine neue Vase. Zum Glück zerbrachen wir nicht eine der zwei chinesischen Vasen, denn das hätte Oma uns nicht verziehen. Die chinesischen Vasen waren wunderschön, groß, weiß und blau. Sie standen auf der Kommode und wurden nie für Blumen benutzt. Oma versteckte Geld darin. Niemand außer ihr durfte diese Vasen anfassen. Sie war auch die Einzige, die diese Vasen zum Putzen von ihrem Platz nahm.

Einmal fuhr Tante Nura mit ihrem Mann nach Mekka, und meine Cousine und mein Cousin durften solange bei uns bleiben. Ich war begeistert. Wir konnten den ganzen Tag zusammen sein, ohne dass irgendwer sagte:

»Macht euch fertig, wir fahren in zehn Minuten nach Hause.« Denn mein Zuhause war jetzt auch ihr Zuhause. Wir haben gemeinsam Haus-

aufgaben gemacht, gegessen und gespielt. Wir dachten uns die coolsten Spiele aus.

Einmal spielten wir Friseursalon. Wir holten die Nivea-Creme und die Vaseline aus Omas Zimmer, schoben einen Stuhl vor den großen Spiegel im Wohnzimmer und legten die Haarbürste und ein paar Haarspangen parat. Schere, Stein, Papier … Wer durfte die Friseurin sein, wer die Kundin und wer die Assistentin? Meine Schwester war unsere Kundin, setzte sich hin und öffnete ihre geflochtenen goldbraunen Haare. Ohne zu zögern und um meiner Schwester eine schöne Frisur machen zu können, schmierten wir großzügig Creme in ihre langen Haare. Mit ihren fettigen Händen drückte meine Cousine Mira die Wohnzimmertür zu. Irgendwie wussten wir, dass wir etwas taten, das uns möglicherweise Ärger einbringen konnte. Alles um uns herum war verschmiert. Selbst der Spiegel war voller Handabdrücke mit dazu gezeichneten Herzchen und Smiley-Faces. Die Armlehnen des Stuhls waren voller Fett, da wir meine Schwester immer wieder nach links oder nach rechts geschoben hatten – und nie zuvor hatte auch die Haarbürste so geglänzt wie an diesem Tag.

Da kam unerwartet Mama ins Zimmer. Sie erschrak über den Anblick und schrie uns an:

»Was tut ihr denn da? Was fällt euch ein?« In der Werbung wurde nie jemand angeschrien und da wurden auch ständig irgendwelche Cremes in die Haare geschmiert, also konnte es eigentlich nicht so schlimm sein. Die Frauen in der Werbung wurden sogar von allen bewundert und für ihre glänzenden und geschmeidigen Haare gelobt! Bei uns wurde niemand gelobt, weder meine Schwester für ihr neues Aussehen noch wir für unsere Mühen und die tolle Idee.

Mama nahm meine Schwester mit ins Badezimmer und versuchte, ihr die Creme aus den Haaren zu waschen. Den ganzen Abend saß sie mit ihr da und jede Shampoo-Flasche wurde ausprobiert, manche auch zweimal. Mama hatte nur wenig Erfolg, denn in den kommenden Tagen waren die Haare meiner Schwester immer noch klebrig und fettig und sie musste ständig unter die Dusche. Aber seitdem hat sie die weichsten Haare von uns allen, und natürlich sind wir neidisch auf sie. Das hat sie uns zu verdanken, nur würde das niemand von den Erwachsenen je zugeben. Trotz dieses Misserfolgs gaben wir unseren Friseursalon jedoch nicht auf.

Im Jahr danach waren die Eltern meiner Cousine wieder in Mekka. Also kam sie wieder zu uns. Nun wussten wir, dass nichts in die Haare geschmiert werden durfte, aber es gab ja zum Glück andere Möglichkeiten. Weshalb ging man in der Regel zum Friseur? Genau, zum Haareschneiden. Nachdem beim letzten Mal meine Schwester dran war, spielte diesmal meine Cousine die Kundin. Auch sie setzte sich mit dem Stuhl im Wohnzimmer vor den großen Spiegel. Wir holten einen Kamm und die zwei Kinderscheren, von denen eine zickzack schneiden konnte, legten ihr, genau wie beim Friseur, ein Handtuch auf die Schulter und sprühten die Haare mit Wasser ein, bis sie ganz nass waren und Wasser auf den Boden tropfte. Wir brachten ihr eine Tasse voll Luft, da wir noch keinen Kaffee trinken durften und alleine noch keinen Tee zubereiten konnten. Also trank sie Luft und bedankte sich für den tollen »Kaffee«. Dann erzählte sie, welchen neuen Haarschnitt sie haben wollte. Es sollte etwas Modernes sein, das auffiel und einzigartig war. Meine Schwester holte aus, und schon lag die erste Haarsträhne auf dem Boden. Ich wiederum schnitt von der anderen Seite. Zuerst noch ganz vorsichtig, dann aber wie wild, bis meine Cousine nur noch kinnlange Haare hatte.

Wir sammelten die Strähnen vom Boden auf, putzten hinter uns her und legten die Scheren zurück, denn wir wollten keinen Ärger bekommen. Meine Cousine Mira kämmte sich und verzierte ihre neue Frisur mit einer roten Haarspange. Stolz präsentierte sie Oma, Mama und Amme Samira ihre Frisur. Mit einem breiten Grinsen drehte sie sich im Kreis, damit jeder den Schnitt von allen Seiten bewundern konnte. Statt Lob und Bewunderung ernteten wir nur

Stille, dann ein Kichern, gefolgt vom leisen Fluchen meiner Oma. Mama und Amme Samira reagierten eher panisch, denn sie hatten Angst vor Tante Nura. Denn meine Tante war eine Perfektionistin, bei der nichts dem Zufall überlassen wurde. Was würden die Leute nur denken, wenn ihre Tochter so herumlief? Wenn ich heute daran denke, wie meine Cousine mit ihrem neuen Haarschnitt aussah, verstehe ich die nackte Panik, die plötzlich den Raum erfüllte.

Kurz nach unserer Aktion saßen wir wieder im Badezimmer. Meiner Cousine wurden erneut die Haare gewaschen, und Amme Samira versuchte, eine ernst zu nehmende Frisur hinzukriegen. Eine, die nicht zickzack verlief und bei der nicht jede zweite Haarsträhne zu lang oder zu kurz war. Aus den langen braunen Haaren war jetzt ein burschikoser Kurzhaarschnitt geworden. Aber ich befürchtete, dass auch diese Frisur meine Tante wütend machen würde. Ich sah schon ihr Gesicht vor mir und hörte ihre Stimme, die immer ganz dünn und quietschig wurde, wenn sie böse war. Ich fand, dass die neue Frisur meiner Cousine viele Vorteile brachte. Sie konnte nun ihre Haare offen tragen und musste sich beim Essen keinen Zopf mehr machen. Nichts nahm ihr die Sicht beim Schwimmen und beim Kämmen musste sie nicht lange sitzen bleiben.

Aber wir wussten auch, dass wir uns nach dieser Aktion wohl mehrere Wochen nicht besuchen, geschweige denn beieinander schlafen durften. Darum beteten wir häufig mit Oma und wünschten uns von Gott, dass er die Haare meiner Cousine in den kommenden drei Tagen ganz schnell wachsen ließe, damit niemand die Veränderung bemerkte. Doch selbst Opa war es aufgefallen. Umso mehr versuchten wir, die wenigen gemeinsamen Tage bis zur Rückkehr meiner Tante aus Mekka auszukosten.

Manchmal vermisste meine Cousine ihre Eltern. Dann saßen wir stundenlang vor dem Fernseher, schauten den betenden Menschen zu und suchten in der Masse nach meiner Tante. Ständig glaubten wir, sie irgendwo entdeckt zu haben. Überall erkannten wir eine Frau, die so aussah wie sie. Leider zoomten die Kameras nicht nah genug heran, weshalb wir nie genau wussten, ob es tatsächlich die Tante war. Hätte sie das Mickey- und Minnie-Mouse-Bettlaken meiner Cousine getragen, hätten wir sie sofort erkannt. Sie hätte sich auch unser Aladdin- und Dschinni-Bettlaken ausborgen können. Immerhin war sie auch sonst eine Frau, die gern auffiel.

Manchmal betete ich zum Fernseher, weil ich die Menschenmasse so beeindruckend fand. Außerdem hatte man mir mal gesagt, dass man mehr Hasanat (das sind die guten Karma-Punkte, die einen ins Paradies bringen oder die schlechten Punkte aufwiegen) bekäme, wenn man mit einer großen Masse betet. Bei uns daheim waren wir zwar viele, aber nicht so viele. Und in der Moschee war es nicht so gemütlich wie zu Hause. Dort konnten wir Pausen machen, wann immer wir wollten, Nachspeise essen, Tee oder frisch gepressten Saft trinken und aufs Klo gehen. Wobei wir die Gebetswaschung danach wiederholen mussten. Bei uns daheim beteten wir Mädchen Seite an Seite mit den Jungen, und ich fand, dass sich das so gehörte. Denn ehrlich gesagt glaube ich kaum, dass die erste Moschee der Welt so groß war, dass es einen Frauen- und einen Männerbereich gab. Angeblich war sie sehr schlicht und bestand nur aus Palmwedel, Holz, Ton und Sand; das hatte unsere Geschichtslehrerin erzählt. Es hieß, wir beteten nicht zusammen, weil es zwischen den zwei Geschlechtern zu sexuellen Spannungen kommen könne. Man würde sich gegenseitig vom Telefonieren mit Gott ablenken. Zu dieser Ablenkung kam es doch aber nur, weil nicht oft genug gemeinsam gebetet wurde und wir es nicht gewohnt waren, nebeneinander zu stehen. Oder man war abgelenkt, weil man Gott nichts zu erzählen hatte. Dann sollte man es gleich lassen. Ich hatte Gott immer etwas zu erzählen – und falls doch einmal nicht, stellte ich ihm viele Fragen, auf die er mir nicht immer sofort eine Antwort gab. Auf manche Antworten warte ich bis heute.

Als wir anfingen, zum Fernseher zu beten, machten sich die Erwachsenen über uns lustig. Oma machte uns auch darauf aufmerksam, dass die Qibla, die Richtung, in die die Muslime beten, genau entgegengesetzt war. Wir hätten unsere Rücken zum Fernseher drehen müssen. Da ging der Reiz verloren. Außerdem regte sie sich auf, weil wir ihr die Sicht versperrten, denn wir waren mittlerweile so groß, dass man vom Bildschirm nur noch die obere Hälfte sah, wenn wir davorstanden. So war unser Versuch gescheitert, und Tausende Hasanat, die wir hätten einsammeln können, gingen uns verloren. Mama sagte, was beim Beten wirklich zähle, sei ohnehin die Nīya, die Willensstärke oder die Absicht. Also hatte ich vielleicht doch Tausende Hasanat auf mein Religionskonto gebucht bekommen.

Verglichen mit Oma und Amme Samira betete Mama weniger häufig. Ich glaube, das lag daran, dass sie so beschäftigt war oder dass sie uns Kinder hatte. Als ich sie einmal fragte, wieso sie nicht so oft bete, antwortete sie mir, dass Gott einem das verzeihen könne. Es sei letztlich wichtiger, sich der Verantwortung gegenüber anderen Menschen bewusst und ein guter Mensch zu sein. Das Beten dürfe natürlich nicht zu kurz kommen, doch es sei manchmal eben nicht so einfach. Ich glaube, Oma und Amme Samira hatten mehr Zeit für Gott, weil sie nicht mehr arbeiteten und auch keine kleinen Kinder hatten.

Für Oma war das Thema Beten sehr wichtig. Vor allem am Wochenende, wenn wir die vielen schwierigen Hausaufgaben nicht als Ausrede benutzen konnten, hielt sie uns zum Beten an. Für Amme Samira war Beten wie Meditieren. Sie konzentrierte sich auf ihre Bewegungen und sah dabei unbeschreiblich elegant aus. Ich setzte mich auf ihr Sofa, das nach Jasmin roch, und sah zu, wie sie leise ihre Gebete sprach, sich niederkniete und wieder aufstand. Wenn die Sonne in ihr Zimmer schien, glänzte ihr weißes Gebetsgewand. Sie sah dann aus wie ein Engel oder die gute Fee aus *Cinderella*. Allein das Zuschauen machte mich glücklich und entspannte mich, wenn ich einen stressigen Tag hatte. Amme Samira nahm mich zwar wahr, konzentrierte sich aber ganz auf ihr Gebet. Wenn sie fertig war, faltete sie ihr Gebetsgewand zusammen und legte es auf ihren Gebetsteppich, den sie dann zusammenrollte und auf die Sofakante legte.

Jeden Freitag kamen alle meine sechs Tanten, wenn sie denn in Damaskus waren, mit ihren Kindern und Männern zu uns. Unter den Cousinen und Cousins gab es drei Altersgruppen. Da waren zunächst die coolen Großen. Zu dieser Gruppe gehörte natürlich auch ich mit drei Cousinen und einem Cousin. Wir waren ungefähr im gleichen Alter und gingen eine Zeit lang in dieselbe Schule. Meine Cousine Laila und ich waren sogar ziemlich lange in einer Klasse, saßen nebeneinander, teilten unsere Süßigkeiten und schrieben voneinander ab. Danach kam die Sandwich-Gruppe, das waren die süßen Kleinen, die dann von den noch Kleineren abgelöst wurden. Schließlich gab es in meiner Familie noch eine eher von Männern dominierte Gruppe mit vier Cousins und meiner Schwester, die sich aber zu behaupten wusste. An den Haaren ziehen und Beißen waren ihre Spezialitäten. Keiner legte sich mit ihr an, denn wenn sie weinte, hatte sie eine unverkennbare Stimme und wurde blau im Gesicht, sodass alle Erwachsenen automatisch auf ihrer Seite waren.

Nun ja, man hätte uns auch schlicht in Jungs und Mädels einteilen können. Während die Jungs nur Blödsinn machten, arbeiteten wir Mädchen an unserer Karriere als Performancekünstlerinnen und Tänzerinnen. Die Songs, zu denen wir uns Choreografien überlegten, wurden ganz demokratisch gewählt. Nachdem die gekaufte Kassette mit den neusten 90er-Hits und die Kassetten von Mama rauf und runter

gespielt und alle Lieder geprüft worden waren, trafen wir die Auswahl. Und Mama hatte viele Kassetten! Mit unserer Liste ging sie zu dem kleinen Musikgeschäft an der Ecke, wo ihr dann die gewünschten Songs zusammengestellt wurden. Die erste Sängerin, die uns total überzeugte, war Britney Spears. Da passte alles. Die Stimme, der Beat, die Melodie. Unsere erste richtige Choreografie übten wir zu *... Baby One More Time.* Ein Klassiker. Kein Lied verpasste mir einen solchen Ohrwurm wie dieses. Wir übten an jedem Wochenende und auch nach der Schule, alle zusammen oder in Kleingruppen. Für gerade einmal Neunjährige waren wir ziemlich busy!

Nach der lauten Musik und den Tanzübungen taten wir meiner Oma den Gefallen, gemeinsam mit ihr zu beten. Die Arme musste dauernd diesen Krach ertragen, wochenlang wurde ihr ein Song aufgezwungen, dessen Sprache sie nicht verstand. Verschwitzt verteilten wir uns auf die Badezimmer der Wohnung, um die Gebetswaschung, die sogenannte Wudū', vorzunehmen. Über unsere bauchfreien Tops und die bunten Shorts zogen wir das weiße Gebetsgewand. Nun sahen wir wie süße Engel aus. Unsere wilde Seite war aber durch die roten Bäckchen und den Schweißgeruch noch erkennbar. In einer Reihe rollten wir unsere kleinen Gebetsteppiche aus. Jeder Teppich hatte eine andere Farbe. Manche hatten Muster, auf anderen waren Säulen einer Moschee oder die Kaaba abgebildet. Oma schob ihren Teppich näher zu unseren. Ihrer, ein blau-türkiser, war abgenutzt, was man vor allem am Muster sah, denn manche Ornamente waren kaum noch zu erkennen.

Brav fingen wir mit dem Gebet an. Die Körper noch ganz elektrisiert, die Pop-Beats im Ohr und mit den Beinen im Takt wackelnd, erzählten wir Gott von unserem Tag und dankten ihm, dass wir bald das ganze Britney-Spears-Album bekommen würden. Nur eine Woche würde es dauern, das hatte uns der Verkäufer im Musikgeschäft versprochen. Und tatsächlich spazierten wir eine Woche später zu ihm und kauften unsere Kassetten. Jede von uns bekam eine eigene, die wir mit unserem Namen verzierten. Nur meine Schwester und ich mussten uns eine teilen.

Für unser Bühnen-Outfit gingen wir extra einkaufen. Mit vier Mädchen shoppen zu gehen, war nicht so einfach. Zum Glück konnten wir uns aber auf die Hosen einigen. Wir kauften Dreiviertel-Jeanshosen mit bunten Perlenketten am Saum, die sich bei jedem Schritt hin und her bewegten, als würden sie mittanzen. Dazu kombinierten wir weiße Tops und silberne Plateau-Sandalen. Schließlich kündigten wir der Familie an, dass wir am kommenden Wochenende alle zu unserer Show einladen wollten.

Die Show fand in Opas Garten auf der Wiese statt. Und dann ging es los! Das Band wurde an die richtige Stelle zurückgespult, wir standen nebeneinander in der Reihe, und auf mein Zeichen drückte meine Tante auf Play. Wir wechselten die Positionen und wackelten mit den Beinen und mit dem Po. Die Arme bewegten sich im Takt mit. Die größte Herausforderung war das Synchronisieren unserer Bewegungen. Die Übungsstunden hatten sich aber ausgezahlt: Diese Show ging in die Familiengeschichte ein, denn sie wurde gleich von zwei Tanten aus verschiedenen Winkeln mit der Kamera aufgenommen. Bis heute existieren die entsprechenden Videobänder. Am Ende verbeugten wir uns und wurden bejubelt. Oma hoffte, dass diese Phase damit ein Ende hatte. Da täuschte sie sich aber, denn bald entdeckten wir unsere Lieblings-Boygroup – die Backstreet Boys.

Um Oma zu entlasten, lud uns Tante Nura häufiger zu sich ein. Sie glaubte an unser Talent und hatte sogar mehrere Songs der Backstreet Boys auf Video. So konnten wir uns Bewegungsabfolgen abschauen, uns inspirieren lassen und neue Elemente einbauen. Bei der Choreografie zu *As Long As You Love Me* versuchten wir, uns den Klappstuhl-Tanz abzuschauen, doch hatten wir keine dieser Stühle zum Üben zu Hause und die normalen Stühle waren für uns zu schwer, um sie so gekonnt herumzuwirbeln. Trotz der vielen guten Argumente, die wir für die Anschaffung neuer Sitzmöbel vorbrachten, konnten wir unsere Eltern nicht überzeugen. Auch die Großeltern nicht. Also mussten wir uns etwas Neues ausdenken.

Kaum ein Jahr später hatten wir ein neues Idol – Eminem. Von ihm waren aber weder Mama noch meine Tante begeistert, obwohl beide seine Lieder heimlich hörten. Eminem hatte mit seinen Rap-Songs nicht nur uns Mädchen überzeugt, sondern auch all meine Cousins. Die erste Kassette wurde sofort von unseren Eltern konfisziert und verboten. Also kauften wir mit dem zusammengelegten Taschengeld eine neue, die dann alle zwei Tage einen neuen Besitzer oder eine neue Besitzerin hatte. Sie wanderte von Haus zu Haus, bis sie von den Erwachsenen entdeckt wurde und wir Hausarrest bekamen. Sie erklärten uns, Eminems Lieder seien für Erwachsene und dass er viele schlimme Wörter verwende. Wir verstanden nicht genau, worauf die Erwachsenen hinauswollten. Denn schließlich waren wir schon in einem Alter, in dem wir auch arabische Schimpfwörter verwendeten. Auch das hatte allerdings stets Folgen für uns. Wir warfen uns gegenseitig »Du Esel!«, »Du Hund!«, »Du Tier!« an den Kopf. Aus heutiger

Sicht war das eigentlich harmlos. Erst zehn Jahre später in Wien lernte ich die richtig schlimmen arabischen Schimpfwörter.

Um Eminems negativen Einfluss auf uns gering zu halten, hatte Tante Amal einen genialen Plan. Sie hörte sich alle Lieder genau an und überspielte jedes Wort für Erwachsene. Sie überspielte jedes »fuck«, »bitch«, »ass«, »shit«, »asshole«, »slut«, »motherfucker« und viele andere Wörter, die wir nicht zu unserem Wortschatz hinzufügen durften. Tante Amal war mit dieser Aufgabe wochenlang beschäftigt, denn die Herausforderung bestand darin, diese Wörter zu überspielen, ohne den Song ganz kaputt zu machen. In jedem Lied kamen mindestens drei dieser verbotenen Wörter vor, und zwar mehrmals.

Eminem machte es meiner Tante nicht einfach, denn er rappte so schnell, dass sie unfassbar präzise vor- und zurückspulen musste, um die entsprechende Stelle zu erwischen. Sie musste die Kassette auch einmal neu kaufen, weil sie ein Lied komplett ruiniert hatte. Wir wunderten uns zwar über die kurzen Aussetzer in der Musik, glaubten aber, es gehörte zum jeweiligen Song, und fanden, es hatte Stil. Meine Tante war von ihrem Vorhaben sehr überzeugt, denn auf höfliche Sprache legte sie großen Wert. Auf Eminems Album aus dem Jahr 1999 folgte ein Jahr später ein weiteres, das sie ebenfalls mühevoll überspielte und uns dann schenkte. Zwei Jahre später war Eminem besonders fleißig und veröffentlichte gleich zwei Alben, eines im Frühjahr und eines im Herbst. Obwohl meine Tante besser im Überspielen wurde, war es ihr irgendwann zu viel und sie gab auf. Wenn ich heute über diese Aktion nachdenke, bin ich beeindruckt. Jetzt weiß ich, dass verrückte Ideen einfach in unserer Familie liegen.

Oma Habiba war immer die strengere Oma und eher still und distanziert. Sie knuddelte uns nur zu besonderen Anlässen oder wenn sie uns lange nicht gesehen hatte. Ich war deswegen oft eifersüchtig auf meine Cousins, die in Saudi-Arabien wohnten. Oma Habiba umarmte sie so lange, bis sie rot wurden. Sie hielt ihre Gesichter fest in beiden Händen, küsste sie links und rechts und sah ihnen immer wieder in die Augen. Dann küsste sie die beiden auf die Stirn und nahm sie unter ihren Arm, als hätte sie Angst, sie könnten ihr davonlaufen.

Man sah meinen Cousins an, dass sie mit dieser Begrüßung irgendwie überfordert waren, obwohl sich dieses Ritual jedes Jahr wiederholte. Ich wollte von ihr auch so begrüßt werden. Von meiner Oma bekamen wir auch keine Bonbons oder Schokolade. Sie ging nie mit uns in den Park, half uns bei den Hausaufgaben oder spielte zu Hause mit uns. Ich hatte das Gefühl, dass sie zu uns Kindern keinen richtigen Draht hatte. Vielleicht hatte sie Kinder satt, weil sie selbst sieben großgezogen hatte. Sechs Mädchen und einen Jungen, das muss unglaublich anstrengend gewesen sein, wenn auch damals durchaus üblich. Ihre Geschwister hatten auch so viele Kinder. Kaum war ihre jüngste Tochter verheiratet und aus dem Haus, kamen schon die ersten Enkelkinder.

Den ganzen Trubel um die Verkupplung meiner jüngeren Tanten bekam ich hautnah mit. Bis heute liebe ich die Geschichten rund um dieses Thema, die Opa bei jeder Gelegenheit gern erzählt. Am liebsten hörte ich von den Streichen, die meine Tanten denjenigen Familien spielten, die sich mit ihren Söhnen vorstellten.

Laut Mama waren meine Tanten heiß begehrt. Sie waren Frauen aus gutem Hause, gebildet, wunderschön und blond. Ihr zarter, weißer Teint, ihre goldenen Haare und ihre bunten Augen waren etwas Besonderes. Diese Kombination war in Damaskus äußerst selten, weshalb man die Al-Mousli-Schwestern ziemlich schnell erkannte. Darum riefen viele Familien bei uns an, um sich vorzustellen. Meist jedoch wurden sie mit kleinen Ausreden höflich abgewiesen. Manche Anfragen aber mussten meine Großeltern akzeptieren, vor allem dann, wenn Familien bereits mehrfach um einen Kennenlerntermin gebeten hatten. Auch wenn die Großeltern sie eigentlich nicht wirklich zu sich einladen wollten – weil zum Beispiel die betreffende Tante definitiv kein Interesse hatte –, mussten sie die Bewerber empfangen. Wenn man häufig absagte, sprach sich das schnell herum und die Leute begannen zu tratschen. Also unterwarfen sich meine Großeltern diesen gesellschaftlichen Spielregeln. Sie gaben nach, vereinbarten einen Termin und informierten meine Tante, die natürlich anfangs protestierte, sich aber mit der Situation anfreunden musste. Es war ja nicht so, dass sie den Bewerber gleich heiraten musste. Letztlich ging es nur um eine Stunde Small Talk, während der die Eltern die besten Seiten ihres Sohnes präsentierten.

Auf diese eine Stunde bereiteten wir uns schon am frühen Morgen vor. Im Salon wurden die Schutzbezüge von den Sofas entfernt. Ich sah den Staub langsam im Sonnenlicht tanzen. Die Kissen wurden aufgeschüttelt, neu arrangiert und im Anschluss der Boden gewischt. Wir Kinder durften den Salon wegen der leicht zerbrechlichen Kristallfiguren nicht betreten. Manchmal schlich ich mich nachts hinein, wenn alle tief und fest schliefen. Niemand hat je etwas bemerkt.

Abends ging es dann los: Opa holte seinen guten Anzug heraus, Oma und meine jüngste Tante Shaza machten sich hübsch. Wir wurden gebeten, im Wohnzimmer zu bleiben und leise zu sein. Also nichts mit Musizieren, Singen oder Schreien, nichts mit Fangen oder Verstecken spielen. Als es klingelte, wurde die Wohnzimmertür umgehend geschlossen und die Wohnungstür geöffnet. Meine Schwester und meine andere Tante blickten abwechselnd aufgeregt durch das Schlüsselloch, um die Lage zu überprüfen. Wir beobachteten die andere Familie ganz genau. Schon fielen die ersten Kommentare über den Anwärter – zu groß, zu klein, zu dick, zu dünn, zu dunkel, zu hell … Meine Großeltern baten die Gäste in den Salon und machten auch dort sofort die Tür hinter sich zu. Wir pressten unsere Ohren an die Salontür, versuchten die Stimmen zuzuordnen und das Gespräch möglichst genau zu verfolgen. Tante Shaza, die verkuppelt werden sollte, stand neben uns und lauschte ebenfalls gespannt. Und schon nahte ihr großer Auftritt.

Oma kam heraus, bat meine Tante, Kaffee und Kuchen zu servieren und sich zu ihnen zu gesellen. Außerdem gab sie bereits erste Details preis: Was der mögliche Zukünftige arbeitete, was für eine Ausbildung er hatte, wann er geboren worden war, welches Sternzeichen er war, wie er aussah, was er gern aß, was er in seiner Freizeit machte, wie viele Geschwister er hatte, wen die Geschwister geheiratet hatten, was die Eltern für einen Eindruck machten, aus welchen Familien sie stammten, wo sie wohnten und was der Vater arbeitete. Ich fragte mich, ob meine Oma sich drinnen Notizen machte, denn ehrlich gesagt konnte sie sich sonst manchmal die einfachsten Sachen nicht merken. Meine Tante stellte klar, wie blöd sie das alles fand und wurde bockig. Oma sagte mit beschwichtigender Stimme: »Sie werden sowieso bald gehen. Setz dich für eine halbe Stunde zu uns oder für eine Viertelstunde. Sag zwei Sätze und lächle.«

Oma ging wieder zurück in den Salon, ein paar Minuten später folgte ihr meine Tante. Doch sie hatte sich ganz genau überlegt, wie sie sich präsentieren und ihrem Ärger darüber, verkuppelt zu werden, Ausdruck verleihen wollte. Sie zog ihre eleganten Kleider aus, eine zerrissene Strumpfhose an, darüber einen grellbunten Rock, steckte sich einen Teil der Haare hoch und band sich kleine Zöpfe, sodass ihre Haare in alle Richtungen standen. Zuletzt malte sie sich ein riesiges Muttermal ins Gesicht und trug so viel Rouge auf, dass sie wie eine Tomate aussah. Mit ihren Bling-Bling-Ketten und den großen Ohrringen sah sie aus, als wollte sie zu einer Bad-Taste-Party gehen. So begegnete meine Tante also dem Mann, der möglicherweise ihr Traumprinz hätte werden können. Liebe auf den ersten Blick – das würde hier bestimmt nicht funktionieren. Doch so zeigte meine Tante offen und ehrlich eine ihrer wahren Seiten, auch wenn es nicht die eleganteste war.

Schmunzelnd hielten wir ihr die Salontür auf. Sie torkelte auf ihren Stöckelschuhen, das Serviertablett mit Kaffee und Kuchen balancierend, hinein. Ich glaube, alle im Raum waren überfordert, die Gäste wie meine Großeltern. Keiner wusste, wie er reagieren sollte. Man konnte sehen, wie Oma rot wurde, weil es ihr bestimmt peinlich war und sie meine Tante am liebsten ausgeschimpft hätte. Opa musste sich das Lachen verkneifen, was Oma noch wütender machte.

Die Gäste versuchten, weiterhin freundlich zu bleiben, und taten so, als ob alles normal sei. Sie machten meiner Tante ein Kompliment für ihr Aussehen, ganz wie es sich gehörte. Danach herrschte unangenehmes Schweigen. Meine Tante brauchte nicht lange sitzen zu bleiben. Nachdem sie ihren Kaffee getrunken und den Kuchen verschlungen hatten, ergriffen die Gäste schnell die Flucht. Wir hörten, wie mehrere Schuhabsätze sich der Tür näherten, und verschwanden schnell ins Wohnzimmer. Kaum war die Haustür ins Schloss gefallen, fingen meine Großeltern an, mit meiner Tante zu streiten. Was sie sich nur dabei gedacht habe, die Familie derart bloßzustellen? Das Bild der heilen, perfekten Familie, das wir anderen Menschen vorspielten, war für meine Großeltern das Wichtigste.

Nach einer heftigen Diskussion und ebenso heftig zugeschlagenen Türen versuchte Amme Samira zu schlichten. Keiner konnte so gut mit Streitereien umgehen wie sie. Schlussendlich versprachen die Großeltern, mehr Rücksicht auf die Wünsche meiner Tante zu nehmen, und sie wiederum versprach, ihre verrückten Auftritte in Zukunft sein zu lassen. Nun ja, keiner von ihnen konnte sich wirklich an sein Versprechen halten …

Einige Monate später standen wieder Gäste vor der Tür, die um die Hand meiner Tante anhalten wollten. Wieder war sie davon natürlich nicht begeistert und spielte auch ihnen einen Streich. Sie wurde immer kreativer und hatte wirklich ihren Spaß daran, sich zu verkleiden, Sprachfehler zu entwickeln, sich merkwürdige Krankheiten, Neurosen oder komische Angewohnheiten auszudenken oder den Kaffee zu versalzen. Oma hatte schon Bedenken, dass bald keiner mehr an ihrer Tochter Interesse haben und sie für immer alleine bleiben würde. Am Ende fand aber auch meine Tante den passenden Mann, ihren Seelenverwandten. Bald waren alle

Tanten vergeben, verheiratet und aus dem Haus, wenn auch nicht für immer. Manche wohnten in der gleichen Stadt, andere verließen sogar das Land und kamen so oft sie konnten zu Besuch. Ihre Männer waren so unterschiedlich wie sie selbst, und so verhielt es sich auch mit ihren Beziehungen. Manche Tanten veränderten sich mit ihren Beziehungen, verloren bestimmte Charakterzüge und entwickelten einige neue. Andere blieben genau so, wie sie vorher waren.

Obwohl sich meine Tanten nahestanden, kam es mir so vor, als ob sie sich hin und wieder gegenseitig ihre vermeintlich perfekten Familien vorführten und alle Beziehungsprobleme unausgesprochen blieben und unter den Teppich gekehrt wurden. Da prallte Geschwisterliebe auf gesellschaftliche Vorstellungen, und irgendwo dazwischen waren meine Tanten gefangen. Sobald die Sonne verschwand und alle Kinder im Bett lagen, änderte sich das. Im Laufe der Nacht legten sie den Schleier der Unsicherheit und des Misstrauens ab, waren wieder die vertrauten Schwestern, saßen beisammen, lachten, weinten und schütteten sich gegenseitig ihr Herz aus, bis die Sonne wieder aufging.

Arabische Familien sind nicht dafür bekannt, offen über Probleme und Gefühle zu reden, denn sie wollen keine Schwäche zeigen. Dafür können sie umso besser mit Komplimenten um sich werfen. Nur weiß man selten, ob sie ernst gemeint sind oder nur aus Höflichkeit so dahingesagt werden. Von klein auf lernten wir, den Schein zu wahren und Perfektion anzustreben, weil unsere Familie besonders viel Wert darauf legte, was andere über sie dachten. Dabei wussten wir Kinder immer genau, wenn etwas nicht in Ordnung war, denn wir waren gute Beobachter und hörten aufmerksam zu. Beispielsweise bemerkten wir schon sehr früh, dass es zwischen unseren Eltern nicht so gut lief, und wünschten uns sogar, dass sie sich scheiden ließen. Sie blieben aber zusammen und meinten, sie täten es für uns Kinder, was aber nur zum Teil stimmte. Denn sie sind auch aufgrund gesellschaftlicher Konventionen und für die Großfamilie zusammengeblieben. Obwohl Scheidungen erlaubt waren, wurden sie nicht gern gesehen. Einige meiner Verwandten ließen sich dennoch scheiden und manche heirateten sogar ein zweites Mal.

Wenn ich heute an Oma Habiba denke, habe ich das Bild vor Augen, wie sie auf ihrem gemütlichen, grünen Sofa sitzt und den Koran liest. Sie hatte drei Ausgaben, die nur ihr gehörten. Die größte war in dunkelblaues Leder gebunden und mit ihren eingeprägten orientalischen Mustern und der dezent eingesetzten silbernen Farbe einfach wunderschön. Innen war sie ganz bunt und mit blauen Akzenten versehen. Diese Ausgabe benutzte sie fast nie. Sie lag im Salon auf einem Beistelltisch und war mehr Deko als ein wirkliches Lesebuch, auch weil diese Ausgabe ziemlich schwer war. Oma benutzte sie nur dann, wenn sie ihre Brille nicht fand, denn die Schrift war sehr groß. Der zweite Koran war ein normales Taschenbuch mit einem besonderen Umschlag und sah schon sehr mitgenommen aus. Manche Seiten waren leicht eingeknickt und gelblich. Andere Seiten waren wellig, weil Wasser oder Tee darauf verschüttet worden war. Dieser Koran lag in ihrem Schlafzimmer auf der Kommode neben dem grünen Sofa. Dann war da noch ein ganz kleiner Koran, eher ein Minitaschenbuch. Er war außergewöhnlich leicht, was am dünnen Papier lag. Der Einband war so flexibel, dass er in alle Richtungen gebogen werden konnte. Oma umwickelte diesen Koran mit einem Gummiband, legte ihn in ihre Handtasche und nahm ihn überall mit hin.

Bemerkenswert fand ich, dass diese Ausgaben trotz ihrer unterschiedlichen Formate absolut identische Seiten hatten. Wenn man im großen, mittelgroßen und im kleinen Koran Seite 100 aufschlug, stimmten diese Seiten exakt überein. Sie fingen mit dem gleichen Wort an und hörten mit dem gleichen Wort auf. Jeder Strich, jeder Punkt und jedes Wort war identisch, auch in den Ausgaben von Amme Samira oder meiner Tante. Selbst im Koran meiner Mama, der am Seitenrand eine deutsche Interpretation hatte, waren die Koransuren an der gleichen Stelle. Für den mittelgroßen und für den kleinen Koran brauchte Oma jedoch eine Brille. Ihre Lesebrille war verbogen, sodass sie immer leicht schief auf ihrer Nase saß. Auf dem Kopf trug sie meist ihr Haus-Kopftuch, das vom vielen Waschen schon dünn und durchsichtig geworden und nicht mehr ganz so strahlend weiß war wie ihr Ausgeh-Kopftuch.

Oma hatte ihr eigenes System, wenn es um ihre Kopfbedeckung ging. Sie besaß Tücher aus verschiedensten Stoffen in unterschiedlichsten Weißtönen, manche waren leicht gemustert. Natürlich musste das Tuch zu ihrem Outfit und zum Anlass passen. Zu Hause trug Oma morgens üblicherweise ein Pyjamakleid unter ihrem Gebetsgewand, mittags ihr Hauskleid und abends wieder das Pyjamakleid. Wenn Oma vor dem großen Fenster stand und die Sonne begrüßte, wurde ihr Pyjamakleid durch die Sonnenstrahlen so durchsichtig, dass man ihre Unterwäsche und ihre Bauchfalten sehen konnte. Mir und meinen Tanten war das ein bisschen peinlich, und so versuchten wir oft (aber leider vergeblich), sie dazu zu bringen, sich neue Pyjama- und Hauskleider zu kaufen. Doch sie verband so viele Erinnerungen mit ihrem hellblauen Pyjamakleid, es gehörte genauso zur Familie wie die alten orientalischen Teppiche. So blieb unsere Bitte unerhört.

Oma Habiba hatte nicht immer ein Kopftuch getragen. Auf ihren schwarz-weißen Verlobungs- und Hochzeitsfotos war sie noch ohne Kopftuch zu sehen. Sie besaß unglaublich schöne Kleider, die sie bis heute in Kleidersäcken in ihrem Schrank aufbewahrt. Wenn ich älter sei, dürfe ich eines davon haben, versprach sie mir. Jetzt bin ich zwar im richtigen Alter, dass mir die Kleider passen würden, lebe aber im falschen Land. Besonders verliebt hatte ich mich in ihr kurzes hellblaues Kleid mit den verspielten Mustern. Oma war in jungen Jahren eine modebewusste Frau gewesen, was sie an ihre Töchter vererbte. Mama erzählte, dass der Kleidungsstil meiner Tanten zwar sehr unterschiedlich, aber durchweg immer geschmackvoll war und auch heute noch ist.

Meine Tanten waren die Ersten in Damaskus, die mit Jeans herumliefen, was für die damalige Zeit sehr ungewöhnlich war. Tante Nura nähte auch vieles selbst, weil ihr in den Geschäften nichts gefiel. Je älter meine Tanten wurden, desto mehr veränderten sie sich, und so auch ihre Einstellung zum Glauben.

Manche von ihnen entschieden sich, ein Kopftuch zu tragen, andere nicht. Mal nahmen sie es ab, mal trugen sie es wieder. Da blickte ich nicht immer durch. Doch das Tuch änderte nichts an ihrer Persönlichkeit. Es war ein Ausdruck ihres Glaubens, ihrer Lebensphase, ihrer selbst. Jede von ihnen hatte ihre Gründe, sich für oder gegen das Kopftuch zu entscheiden.

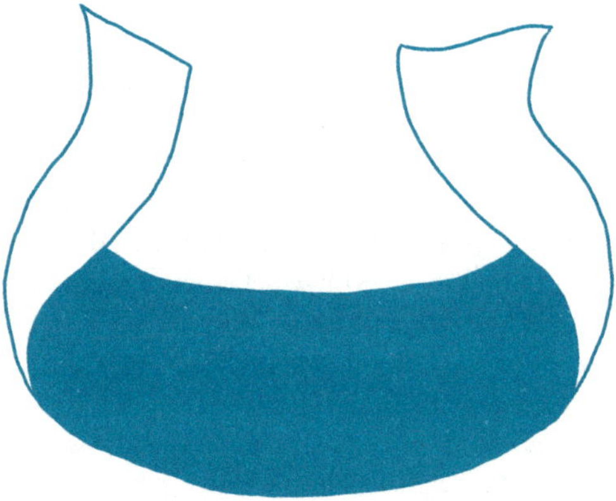

Es wurde auch nicht wirklich thematisiert. Genauso wenig wurde thematisiert, wenn sich eine von ihnen die Haare färbte oder abschneiden ließ. Allerdings wechselten die Tanten, die ein Kopftuch trugen, ihren Friseursalon und besuchten einen, der ausschließlich von Frauen geführt und aufgesucht wurde. Es war ein perfekter Ort für Klatsch und Tratsch. Alle Frauen dort schienen sich seit jeher zu kennen. Tante Nura ging besonders gern zum Friseur, und obwohl sie ein Kopftuch trug, hatte sie immer schön geföhnte und frisierte Haare darunter. Oma Habiba ließ sich dagegen nicht überzeugen, zum Friseur zu gehen, sondern ließ sich ihre Haare immer von Amme Samira schneiden.

Mittlerweile hat sich Omas Leben sehr verändert, nicht nur weil sie älter geworden ist. Ihre Familie, die einst jedes Wochenende zusammenkam und für die sie gern groß auftischte, ist jetzt auf der ganzen Welt verstreut. Das ist das Schicksal vieler syrischer Familien. Mittlerweile können wir nicht mehr unmittelbar am Leben der anderen teilnehmen. Früher bekamen wir alles mit. Zufällige Begegnungen, kommende Herausforderungen, unausgesprochene Ängste, tiefe Freude. Auch Kleinigkeiten wie Geschichten über verschwundene Socken, blühende Pflanzen und tropfende Wasserhähne wurden geteilt. Heute

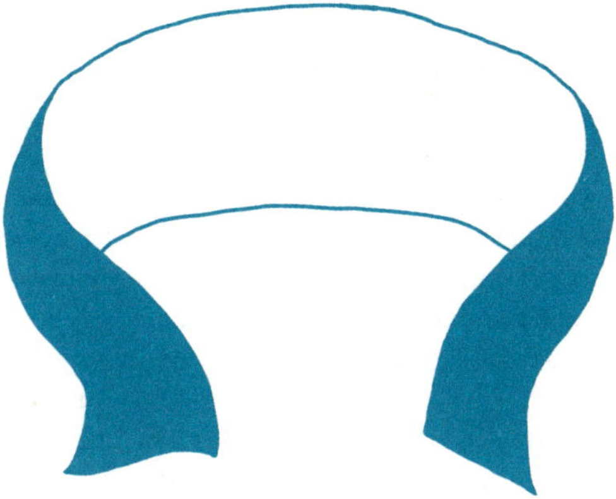

kann so eine Zusammenkunft eigentlich nur stattfinden, wenn wir alle gleichzeitig vor dem Computer oder dem Handy sitzen und skypen. Dafür müsste allerdings bei allen das Internet funktionieren, was nahezu nie der Fall ist.

Oma Habiba ist inzwischen lockerer geworden. Nach ungefähr sieben Jahren sah ich sie in diesem Sommer das erste Mal wieder. Sie hatte sich nicht nur dank eines neuen Haarschnitts und ihrer farbenfrohen Kleidung verwandelt, sondern hatte auch eine ganz andere Ausstrahlung. Ihre Haare waren mittlerweile so weiß, dass es modern aussah und ihre grünen Augen betont wurden. Ich konnte es mir nicht erklären: Wie war es möglich, dass eine Person, die mit Verlust und Unsicherheit leben musste, eine solche Lebensfreude ausstrahlen konnte? Ich wusste nicht, ob es vielleicht nur eine Fassade war, um sich nicht mit dem Verlust, dem Leid und der Machtlosigkeit auseinandersetzen zu müssen. Vielleicht hatte sie sich dadurch, dass sie so viel aufgeben musste, neu gefunden und definiert? Sie hatte die schwierigen Umstände akzeptiert und beschlossen, das Beste daraus zu machen.

Als ich sie wiedersah, saß Oma nicht in ihrem Zimmer und las auch nicht im Koran. Sie saß mitten im Wohnzimmer und hatte sich einen Platz ausgesucht, von dem aus sie uns alle gut sehen konnte. Ihr war in der Einsamkeit bewusst geworden, was ihr entging, wenn sie sich nur dem Glauben hingab. Früher hatte sie oft Geschichten verpasst, weil sie sich nicht immer zu uns gesetzt hatte. Bei diesem Zusammentreffen konnte sie nun auftanken und nachholen, was ihr die letzten Jahre an familiärer Geborgenheit und Sicherheit gefehlt hatte. Die Bussis bei jeder Ankunft und Verabschiedung, die Wärme bei jeder Umarmung, der Lärm der vielen Gespräche.

Diese Zusammenkunft war jedoch nicht von Dauer, das war uns allen bewusst. Denn bald mussten alle zurück in ihre sogenannte neue

Heimat. Da jede Minute plötzlich so kostbar war, schien Oma viel präsenter zu sein und war am intensiven Austausch und an Gesprächen mit uns allen interessiert. Sie ließ sich auch nichts entgehen, was Spaß machte.

Plötzlich hatte ich eine Oma, die Stille Post und Activity mit uns spielte. Sie erzählte bis in die Morgenstunden Witze und Geschichten. Plötzlich hörte ich aus irgendeiner Ecke den Adhān, den Gebetsruf. Er kam aus Omas Smartphone. Sie stand auf, schaute aus dem Fenster und sah, wie hell es schon geworden war. Sie ging ins Bad, wusch sich und zog ihr Gebetsgewand an. Auf dem Weg zu ihrem Gebetsteppich forderte sie auch uns zum Gebet auf. Wie sehr ich diese Aufforderung vermisst hatte!

Eines Abends wollte sie tanzen. Die Musik wurde aufgedreht, und alle versammelten sich im Wohnzimmer des gemieteten Apartments mitten in Beirut. Während unseres fünftägigen Aufenthalts hatte sich alles in dieser Wohnung unseren Bedürfnissen angepasst. Stühle, Sofas und Teppiche wanderten von einem Zimmer ins nächste, um genügend Sitzmöglichkeiten zu schaffen. Wir tranken aus Plastikbechern, auf die jeder wie bei einem Kindergeburtstag seinen Namen geschrieben hatte. Doch die Kinder von damals waren mittlerweile selbst Erwachsene mit Weisheitszähnen und eigenen Kindern geworden. Beim Verlassen der Wohnung wusch jeder seinen Becher und stellte ihn in den leeren Kasten über der Spüle – für den nächsten Besuch. Wir aßen mit Plastikbesteck von Plastiktellern – und doch fühlte es sich so an, als würden wir von Omas guten Porzellantellern essen, auf die ganz klein Romeo und Julia, umgeben von rosaroten Rosen, gemalt waren.

Am liebsten hätte ich die Zeit in Beirut angehalten, um diese Momente für immer zu bewahren. Aus Angst, eine Geschichte, einen Witz, einen Kommentar oder einfach ein Lachen zu verpassen, schlief ich an diesen Tagen kaum. Doch immer wieder nickte ich auf der Couch oder dem Teppich ein, weil ich auf keinen Fall ins Schlafzimmer gehen wollte. Ich blickte dann kurz auf, beteiligte mich an der Unterhaltung und schlief sofort wieder ein. Egal wie laut es war, das Lachen und die Stimmen meiner Familie begleiteten mich in meinen Träumen.

An einem Abend stand meine Oma plötzlich auf, stellte sich mitten ins Wohnzimmer, klatschte in die Hände, schnipste mit den Fingern, band sich das Kopftuch um die Hüfte – und tanzte. So glücklich hatte ich sie noch nie gesehen. An dieses Bild von ihr werde ich mich immer erinnern.

Opa Najm hat dieses Familienereignis leider verpasst. Weder Oma noch meine Tanten noch seine Enkelkinder konnten ihn überzeugen, für diese paar Tage nach Beirut zu kommen. Ich glaube, ihn beunruhigte die lange Fahrt von Damaskus. Er änderte seine Meinung in allerletzter Sekunde, denn eigentlich hatte er schon alles für die Verlobungsfeier meiner Cousine in Beirut gepackt. Über diese Verlobungsfeier und die ganzen Vorbereitungen könnte ich stundenlang Geschichten erzählen. Das war eine unglaublich intensive und ereignisreiche Zeit für mich, obwohl es nicht einmal meine eigene Feier war.

Damit Opa an der Feier teilnehmen konnte, hatte die Familie extra einen Fahrer für ihn organisiert. Zusammen mit meiner Tante war auch schon ein Anzug, ein passendes Hemd und eine schöne Krawatte aus dem Schrank herausgesucht worden. Den halben Tag lief er mit seinen guten Schuhen in der Wohnung umher, um sie einzulaufen. Zum Glück war Oma nicht da, sonst hätte sie mit ihm gestritten. Denn auf den Teppich im Wohnzimmer durfte man ja nur barfuß oder mit Socken gehen.

Am nächsten Tag war es so weit: Wir saßen in Beirut vor unseren Smartphones und warteten auf eine Nachricht von meiner Cousine, die

Opa nach Beirut begleiten wollte. Sie rief an und berichtete uns, Opa würde die Haustür nicht aufsperren, er wolle plötzlich nicht mehr mitfahren. Er meinte, wir sollten die Verlobungsfeier nach Damaskus verlegen. Meine Cousine versuchte ihm zu erklären, dass bereits alle Gäste in Beirut eingetroffen und alles für die Feier gebucht und vorbereitet sei. Außerdem seien seine Enkelkinder aus der ganzen Welt angereist und würden sich doch freuen, ihren Großvater zu sehen! Dieser Dialog fand zwischen Hauseingang und Balkon statt, sodass alle Nachbarn mithören konnten. Doch nicht einmal die vielen Anrufe aus Beirut, das Telefonat mit Oma oder das Gespräch mit der angehenden Braut, die ihn mit enttäuschter und zittriger Stimme anflehte, konnten Opa überzeugen. Oma rief meine drittälteste Tante Hanan an, die an der Feier nicht teilnahm, weil ihre Tochter hochschwanger war und das Kind jederzeit kommen konnte. Meine Tante fuhr zu Opa, doch auch sie musste draußen bleiben, denn Opa wollte niemanden reinlassen, der ihn überreden wollte. Wenn er »Nein« sagte, hieß das auch »Nein«, vor allem mit zunehmendem Alter.

Um mir Opa in Erinnerung zu rufen, brauchte ich länger, was vielleicht daran lag, dass keines meiner Geschwister ihm ähnlich sah. Oma Habiba und meine Schwester sahen sich sehr ähnlich. Ich brauchte nur im Gesicht meiner Schwester nach bestimmten Merkmalen zu suchen und schon fand ich Oma wieder. Der helle Teint, die grünen Augen, die blonden Haare und die Position des Muttermals im Gesicht waren gleich. Das Gesicht meines Opas musste ich mir anhand verschwommener Erinnerungen selbst zusammenbasteln. Ich wusste nur, dass er schon ziemlich früh weiße Haare bekommen hatte und dass er immer schon ein Dickkopf war. Er war anders gestrickt als Oma. Während sie in der Stadt ganz aufblühte, fühlte er sich auf dem Land am wohlsten und kam nur selten nach Damaskus.

Ob Frühling, Sommer, Herbst oder Winter, Opa Najm blieb auf dem Land bei seinen Blumen und Bäumen. Außer zum Ramadan. Der Fastenmonat Ramadan bildet die vierte Säule des Islam und ist auch der einzige Monatsname, den ich mir vom islamischen Mondkalender gemerkt habe. Mich nach dem Mondkalender zu richten, fiel mir schwer. Denn im Gegensatz zum gregorianischen Kalender verschob sich alles ständig. Daher fasteten wir auch jedes Jahr zehn Tage früher als im Vorjahr.

Zum Ramadan zog also selbst Opa für einen Monat in die Stadt. Wer wollte schon Ramadan alleine verbringen und alleine fasten? Er hätte alles verpasst, was diesen Monat besonders und erträglicher machte. Als ich noch ganz klein war, beobachtete ich, wie die Erwachsenen fasteten, und half bei der Zubereitung des Iftār. Ich wollte eines Tages auch so fasten wie sie, obwohl ich nicht ganz verstand, was sie da genau taten. Das lernte ich erst viel später. Nachdem man von Sonnenaufgang bis Sonnenuntergang auf Essen und Trinken verzichtet hat, folgt das Iftār, das Fastenbrechen, die große, gemeinsam eingenommene Mahlzeit nach Sonnenuntergang. Im Fastenmonat ließen sich viele Veränderungen beobachten. Plötzlich wurden alle ruhiger. Plötzlich wurden alle gläubiger. Plötzlich wurden alle aufmerksamer, gegen Abend jedoch auch zunehmend gereizter.

Mittags war die Wohnung mucksmäuschenstill, alle hatten sich für ein Mittagsschläfchen hingelegt, um die letzten Energiereserven zu sammeln, sodass dem großen Kochen später nichts im Wege stand. Bis dahin war die Küche aber wie verlassen. Erst kurz vor Sonnenuntergang wurde sie zum Mittelpunkt des Geschehens. Plötzlich hielten sich alle in diesem kleinen Raum auf und hatten eine gemeinsame Mission zu erfüllen – das Essen rechtzeitig zum Iftār fertig zu haben und zu servieren. Die Gerichte durften weder zu kalt noch zu heiß sein, sonst konnte man ja nicht gleich mit dem Essen anfangen.

Bereits am Vortag machten sich meine Oma, meine Mama und Amme Samira Gedanken darüber, was sie zum Iftār kochen könnten. Sie sammelten Ideen, fragten nach den Wünschen aller

Familienmitglieder und erkundigten sich sogar, was Freunde und Nachbarn in den letzten Tagen gegessen hatten. Rechtzeitig wurden die fehlenden Zutaten im kleinen Supermarkt nebenan gekauft oder aus dem Abstellraum geholt, der sich in einer Zwischenetage über der Küche befand. Meistens war es Mama oder eine meiner Tanten, die von dort oben Lebensmittel holten. Dafür musste extra die große Metallleiter aufgestellt werden.

Ich wäre immer am liebsten den ganzen Tag in diesem Abstellraum geblieben oder gleich ganz dort eingezogen, durfte aber nie hinauf, weil es zu gefährlich war. Zur Abschreckung erzählte mir Tante Shaza, dass dort oben ein Bösewicht lebe. Sie hatte Erfolg. Für einige Wochen traute ich mich nicht mehr alleine in die Küche. Ich ging nur in Begleitung meiner Schwester hinein oder wenn schon ein Erwachsener in der Küche war.

Doch eines Tages beschloss ich nachzuschauen, denn dieser Bösewicht war erstaunlich leise. Meine Schwester, meine Cousine und ich stellten die weißen Plastikstühle übereinander und ich kletterte hinauf. Am grünen Kühlschrank neben der Luke konnte ich mich abstützen und einen Blick in den Abstellraum werfen. Es war dunkel, also tastete ich mich an der kalten Wand entlang und vor bis zum

Lichtschalter, während meine Cousine und meine Schwester gespannt auf ein Zeichen warteten. Ich warf eine der Klopapierrollen runter, die ebenfalls im Abstellraum aufbewahrt wurden. Anstelle des Bösewichts fand ich aber nur Lebensmittel, Packungen mit Taschentüchern, Aleppo-Seife, Klopapier und Kerzen.

Da wusste ich, dass der Abstellraum wie für mich geschaffen war. Ich passte perfekt hinein. Wenn ich mich ausstreckte, konnte ich die Decke berühren und fühlte mich endlich groß. Mama hingegen musste sich bücken. In diesem Abstellraum gab es alles: Reis, Nudeln, Bulgur, Linsen, Mehl und Zucker. Alles war in riesige Säcke verpackt, die so schwer waren, dass sie immer von zwei Personen hinaufgebracht werden mussten. Damit wir zum Kochen nicht wieder die ganzen Säcke runterbringen mussten, wurde von jedem Lebensmittel ein Glas abgefüllt, das erst wieder aufgefüllt wurde, wenn es leer war. Papa und Opa kauften diese Lebensmittel auch nur einmal im Jahr. Das Olivenöl wurde in einem großen Kanister gelagert und für den Normalgebrauch in Glasflaschen umgefüllt. Nüsse und ganz viel eingelegtes Gemüse war in kleinen und großen Gläsern nebeneinander aufgereiht. Das Gemüse kam selbstverständlich aus Opas Garten. Am häufigsten sah man Gläser mit grünen und schwarzen Oliven, Roter Beete und Gurken.

Auch Opas selbst gemachte Marmelade wurde im Abstellraum aufbewahrt. Ich war sicher, dass es diese Marillenmarmelade auch im Paradies geben würde, denn es war die beste Marmelade der Welt. Ich erkannte sie genau am Geschmack und an der Konsistenz und aß auch immer nur diese Sorte. Im Verwandtenkreis wurden oft Gläser mit hausgemachten Lebensmitteln ausgetauscht, denn jeder hatte seine eigene Rezeptur.

Nachdem alle notwendigen Zutaten aus dem Abstellraum geholt worden waren, begann die Iftār-Vorbereitung. Orangen wurden gepresst, Zwiebeln gehackt, Soßen gerührt. Es wurde gekocht, gebacken und gebraten – und zwar auf gut Glück, denn Abschmecken durfte man nicht, damit hätte man sein Fasten gebrochen. Meine Tanten sahen das allerdings nicht alle gleich streng. Die eine kostete und sagte der anderen, ob noch Salz oder Pfeffer fehlte. Aber es fehlte trotzdem meist noch etwas.

Während des Ramadan wurden wir ständig eingeladen oder luden selbst Gäste ein. Die servierten Speisen waren daher immer so besonders und aufwendig, dass ich mich oft nach einfachem Reis mit Joghurt sehnte. Ich liebte es, wenn ich bei den Vorbereitungen helfen durfte, und übernahm gern unterschiedliche Aufgaben. Wenn wir Bulgur kochten, wurde dieser genauestens untersucht. Auf einem Tablett überprüften wir jedes Korn, denn manchmal versteckten sich kleine Steine dazwischen. Ein Korn nach dem anderen wurde zur guten oder zur schlechten Seite geschoben. Dann schüttete meine Mama die nächste Portion Bulgur aufs Tablett, und die Arbeit begann von vorn.

Oma konnte während des Ramadan nicht die ganze Großfamilie zu sich einladen, weil wir bei ihr in Schichten hätten essen müssen, aus Platzgründen. Iftār war aber eine Mahlzeit, die alle gemeinsam und gleichzeitig zu sich nahmen. Im Wohnzimmer schaltete Opa auf den Lokalsender um, damit wir ganz genau hörten, wann der Muezzin »Allahu Akbar«, also »Gott ist groß«, und somit auch zum Iftār rief. In der Küche hing zur Orientierung ein spezieller Kalender mit den genauen Zeiten des Sonnenuntergangs. In den letzten zehn Minuten vor dem Iftār wurden alle nervös. Sobald die ersten Töne des Adhān aus dem Fernseher kamen, strömten alle in die Küche. Gleichzeitig ertönte der Gebetsruf auch aus allen Moscheen in der unmittelbaren Nähe. Die Speisen standen punktgenau auf dem Tisch und die Gläser wurden mit Wasser gefüllt. Nach dem Tischgebet wurde zuerst eine Schachtel mit Datteln herumgereicht. Unser Dattelkonsum stieg zum Ramadan auf das Tausendfache! Außerdem gab es ganz verschiedene Dattelsorten.

Je nach Herkunftsland unterschied sich die Konsistenz, der Geschmack und die Größe der Datteln. Manche waren süßer als Schokolade.

Jetzt konnte das große Essen beginnen. Teller, Gläser, Schüsseln und Töpfe wanderten von einer Hand in die nächste. Sobald alle etwas auf dem Teller hatten, herrschte Stille, bis irgendjemand mit einer Geschichte anfing oder das Essen lobte. Oma hatte die Gabe, die Menge des Essens immer genau richtig einzuschätzen, selten blieb etwas übrig für den nächsten Tag.

Ich kann mich an mein erstes Fasten sehr gut erinnern. Meine gleichaltrige Cousine Laila und ich nahmen es uns gemeinsam vor. Sie übernachtete bei mir. Mitten in der Nacht (oder eher am sehr frühen Morgen), bevor die Sonne sich zeigte, wurden wir liebevoll zu Sahūr aufgeweckt. Aber eigentlich hatten wir gar nicht richtig geschlafen, sondern die ganze Nacht hindurch getratscht und im Bett Rätsel gelöst.

Sahūr ist die Mahlzeit vor Sonnenaufgang und ähnelt einem großen Frühstück. Wir konnten also zunächst etwas essen und trinken, bevor dann mit dem Sonnenaufgang das Fasten begann. Auch die übrigen Familienmitglieder wurden eines nach dem anderen geweckt. Meistens war es Oma Habiba, die diesen Dominoeffekt auslöste. Sie legte sich erst nach Sahūr schlafen. Bis dahin las sie im Koran, betete und schaute fern.

Während des Ramadan kamen lauter neue Serien raus, die wollte sie auf keinen Fall verpassen. Sie wusste genau, welche Serie auf welchem Sender lief und ob beziehungsweise wann sie wiederholt wurde. Dank eines genau ausgetüftelten Plans war sie in der Lage, mehr als zehn unterschiedliche Serien und Shows zu verfolgen. Während der Werbung schaltete sie um und schaute für ungefähr zwei Minuten eine andere Serie, bevor sie wieder zurückschaltete. Die Fernbedienung wich nicht von ihrer Seite.

Diese Serien erzählten zwar unterschiedliche Geschichten, doch oft traten die gleichen Schauspielerinnen und Schauspieler auf. Das fand ich äußerst verwirrend. Es gab auch eine Zeit, in der sich jede Schauspielerin einer Schönheitsoperation unterzog. Ob sie wohl Gruppenrabatt bekamen? Hinterher hatten sie alle die gleiche spitze Nase, die gleichen überbetonten Wangen und die gleichen aufgespritzten Lippen, da tat ich mich noch schwerer damit, sie auseinanderzuhalten. Manchmal schaltete Oma nach Sahūr den Fernseher an und schaute ein paar Folgen. Damals konnte man noch nicht streamen, also musste sie ständig auf die Uhr schauen und pünktlich den Fernseher anschalten, um nichts zu verpassen.

Auch zu Sahūr wurde manchmal richtig groß aufgetischt. Frische Eierspeisen, Tomaten, Gurken, Labneh (eine Art arabischer Frischkäse), Zatar, Oliven, eingelegte Paprika und natürlich Opas selbst gemachte Marillenmarmelade. Dazu gab es Schwarztee mit frischer Minze vom Balkon. So ein Mahl war aber nicht immer möglich, denn hin und wieder standen wir so spät auf, dass nur Zeit für etwas Wasser und eine Dattel blieb. Ein paarmal kamen auch meine Tanten zu diesem sehr frühen Frühstück vorbei. Als ich älter war, war es auch üblich, zu Sahūr auszugehen. Man war entweder zu Bekannten eingeladen oder ging in ein Restaurant. Ich fand es ziemlich absurd, sich gegen drei Uhr nachts schick zu machen, um auszugehen! Pünktlich zu Sahūr und Iftār war dann aber niemand mehr auf der Straße zu sehen. Keine Menschen. Keine Autos. Keine Busse.

Fasten war echt hart, weshalb meine Cousine Laila und ich ab und zu schummelten. Wir schlichen uns heimlich in die leere Küche, öffneten den Kühlschrank und aßen ein paar Gurken mit Käse und Brot. Wenn niemand zu Hause oder alle beschäftigt waren, machten wir uns ein Sandwich und aßen es auf dem Balkon, wo uns niemand sehen konnte – außer Gott. Er würde es verstehen, denn er wusste, wie schwer Fasten und wie groß unser Hunger war.

Während des Ramadan lernte ich Karten spielen. Opa hatte in der Stadtwohnung so viel Zeit, dass er mir, meiner Cousine und meiner Schwester Kartenspiele beibrachte. Er war deshalb so unterbeschäftigt, weil er sich ohne die Erlaubnis meiner Oma nicht bemächtigt fühlte, etwas in der Wohnung zu tun. Selbst beim Gießen der Pflanzen fragte er sie um Rat, denn er war nicht eingeweiht in Omas Rituale. Irgendwann übertrug sie ihm die Verantwortung für das gesamte Grünzeug in der Wohnung. Gießen, Düngen, Schneiden. Er unterhielt sich auch

gern mit den Pflanzen, wenn er sie goss. Doch irgendwie war diese – wenn auch anspruchsvolle – Aufgabe nicht ausreichend, um Opas Zeit ganz auszufüllen. Zudem fielen während des Ramadan seine Frühstücks- und Kaffeerituale aus. Er durfte sich auch keine Zigaretten anzünden, wenn er fastete. Der Verzicht auf Kaffee und Zigaretten war für ihn die größte Herausforderung. Er rauchte nämlich sehr viel. Als wir lernten, dass Rauchen schlecht für die Gesundheit ist, fingen wir an, Opas Zigaretten zu zählen, um ihm vor Augen zu führen, wie viel er rauchte. Dann fingen wir an, ihm seine Zigaretten zu klauen und sie in einer Box zu verstecken. Immer wenn er sein Mittagsschläfchen machte, klauten wir die Zigaretten aus der Brusttasche seines Morgenmantels.

Später ergriffen wir noch härtere Maßnahmen. Wir drohten, dass wir ihm die Zigarette aus dem Mund nehmen, sie ausmachen und zerbrechen würden, wenn wir ihn rauchen sähen. Opa rauchte auf dem Balkon, wenn wir in der Küche waren. Er rauchte in der Küche, wenn wir im Wohnzimmer waren. Und er rauchte im Wohnzimmer, wenn wir auf dem Balkon waren. Opa Najm lief uns immer davon, doch wir waren so viele, dass wir ihn immer erwischten. Wenn Oma sah, wie wir ihrem Mann auf die Nerven gingen, wurde sie schnell wütend. Wir sollten ihn in Ruhe lassen. Opa konnte nur ungestört rauchen, wenn Oma Habiba im gleichen Raum war. Sie beschützte ihn vor uns. Oft rauchten sie dann gemeinsam. Opa selbst widmete uns viel Zeit, nahm alles mit Humor und schimpfte nie mit uns. Wir hätten uns aber nie getraut, Oma ihre Zigaretten wegzunehmen. Sie war nicht so geduldig wie ihr Mann, weshalb sie auch nie mit uns Karten spielte, selbst wenn wir sie dazu drängten.

Abends war Karten spielen die Lieblingsbeschäftigung der Erwachsenen. Zu viert saßen sie dann um einen Tisch herum und ordneten ihre Karten zu Fächern. Einer von ihnen legte einen Zettel und einen Stift neben sich und schrieb Zahlen auf. Auf dem Boden standen Shishas, die einen fruchtigen Duft verströmten. Ich wollte immer mitspielen, durfte aber nicht. Ich durfte nur zuschauen, musste aber leise sein. Oft war ich mir nicht sicher, ob ihnen das Spiel überhaupt Spaß machte, denn sie sahen alle so ernst und konzentriert aus. Vor allem beim Austeilen und Ordnen der Karten sprachen sie kaum miteinander.

Dann aber wurde die Stille durch ein »Yalla« unterbrochen. Damit war das Spiel eröffnet. Ich sah Karten in die Tischmitte fliegen. Einer nach dem anderen legte eine Karte ab, dann wanderte der Stapel zu einem der Spieler. Sie lachten und gaben lustige, mitunter aber auch wütende Kommentare ab. Alle wollten gewinnen. Zum Glück waren unsere Partien mit Opa nicht so ernst. Er kaufte Karten und erklärte uns, wie das Spiel funktionierte. Im Wohnzimmer stellten wir den Tisch auf und holten zwei zusätzliche Plastikstühle aus der Küche, damit wir alle Platz hatten. Schon nach kurzer Zeit waren wir so gut, dass wir ihn schlagen konnten. Wir spielten eine Runde nach der anderen und lachten so viel, dass wir kaum merkten, wie schnell die Zeit verging.

Wenn Oma Habiba vorbeiging, sagte sie nur, wir sollten nach der Runde beten gehen, und erinnerte auch Opa an das Gebet. Am Wochenende spielten wir die ganze Nacht hindurch, bis Mama uns ins Bett schickte. In den Sommerferien spielten wir mit Opa einmal so lange, dass wir gemeinsam den Sonnenaufgang sahen. Im Wohnzimmer wurden die Wände zuerst rosarot, dann orange und dann weiß. Während des Ramadan beobachtete ich dieses Schauspiel häufiger. Zu keiner anderen Zeit im Jahr baute ich solch eine Beziehung zur Sonne auf wie in diesen Wochen.

Der Ramadan hatte seine ganz eigenen Rituale. Ich liebte es, wie sich dann die Stadt veränderte und ihr Tempo anpasste. Alles wurde zunächst langsamer, um sich zwischen Sonnenuntergang und Sonnenaufgang wieder zu beschleunigen. In Wien hingegen verändert sich nichts. Alles um uns herum bleibt gleich. In den ersten Jahren machte mir das Fasten dort keinen Spaß. Mir fehlten die Rituale, die große Familie, das gemeinsame Essen und die allgemeine Akzeptanz. Ich war es nicht gewohnt, wegen dieser Rituale Rede und Antwort stehen zu müssen. Am härtesten war es in der Schule. Alle packten in der Pause ihr Brot aus, nur ich nicht. Alle gingen nach der Schule ein Eis essen, nur ich nicht. Ich erfand dann immer Ausreden und erzählte, mein Bruder sei allein zu Hause oder dass ich einen Arzttermin hätte. Doch das ging nicht lange gut, und schon bald fingen die Fragen an. »Aber wieso willst du nicht mitkommen? Du hast heute den ganzen Tag noch nichts gegessen. Machst du dieses Ramadan-Ding? Fällt dir das nicht schwer? Trinkst du auch nichts? Nicht einmal Wasser? Ist das nicht ungesund und gefährlich?«

Ich versuchte, immer geduldig und höflich zu bleiben. Ich erklärte, dass die ersten zwei Tage besonders schwer seien, ich trotzdem zwei bis drei Liter Wasser am Tag trinken würde und ich, falls es mir schlecht ginge, auch aufhören würde zu fasten. Ich erläuterte, dass es darum ginge, besser auf den eigenen Körper zu hören und seine Energiereserven einzuteilen. »Und jetzt hör bitte auf, mir mit deinem Sandwich vor der Nase herumzufuchteln.« Diesen Teil dachte ich mir aber nur.

Mit der Zeit fiel mir das Fasten auch in Wien leichter. Ich gewöhnte mich an die Fragen, an die kleinere Familie und entdeckte die Vorteile des Fastens. Während des Ramadan konnte ich tagsüber fast doppelt so viel erledigen wie an Tagen, an denen ich nicht fastete. Oma meinte, das läge an der Heiligkeit des Monats. Ich sah das anders. Es lag schlichtweg daran, dass ich keine Zeit mit Essen verschwendete. Ich musste nicht kochen, nicht einkaufen, mir zwischendurch kein Wasser holen und auch nicht so häufig aufs Klo.

Statt Mittagspausen machte ich Mittagsschläfchen. Nur kurz vor Iftār war ich sehr reizbar und vereinbarte daher vor dem Essen keine Termine. Gute Freunde gewöhnten sich daran und nahmen Rücksicht. Sie aßen nicht in meiner Anwesenheit, und wenn wir gemeinsam Essen gingen, versuchten sie, den Termin so zu legen, dass es nach Sonnenuntergang war. Was mir in Wien aber bis heute fehlt, ist der Masaharati.

In Damaskus kam jede Nacht ein Masaharati vorbei, lief singend die Straße entlang und spielte auf seiner Trommel. Seine Aufgabe war es, die Fastenden aufzuwecken, damit sie vor Sonnenaufgang noch eine Kleinigkeit essen und trinken konnten. Er zog von einer Straße zur nächsten und seine schöne Stimme hallte durch die leeren Gassen. Er war der beste Wecker, denn er ließ sich nicht einfach ausschalten, und wir wollten ihn auch nicht verpassen. Also sprangen wir auf und rannten zum Fenster, um ihn zu beobachten. Er bemerkte uns, und wir winkten uns gegenseitig zu. Oma und Opa fragten den Masaharati dann, ob er ein Glas Wasser haben wolle.

Nach ein paar Tagen legte er bei uns immer eine kurze Pause ein. Wir liefen die Treppen runter, gaben ihm ein Glas Wasser und ein paar Datteln. Er bedankte sich, wünschte uns einen gesegneten Ramadan und machte sich wieder auf seinen Weg. Bei jedem Besuch erfuhren wir mehr über ihn und er auch über uns. Er hieß Ibrahim und hatte zwei Kinder. Schon sein Vater war Masaharati gewesen, und Ibrahim lief als Kind mit ihm gemeinsam durch die Straßen. Eines Tages würde auch er seine Kinder mitnehmen, im Moment seien sie noch zu klein für die lange Strecke. Für den letzten Tag des Ramadan hatte Mama zwei kleine Säckchen für Ibrahims Kinder vorbereitet. Schokolade, Kekse, ein paar Bonbons, zwei Buntstifte und Tiersticker waren darin und sie waren mit buntem Geschenkband zugebunden. Mama kräuselte das Geschenkband mit der Schere, so sah es noch viel schöner aus. Ibrahim bedankte sich. Wir würden ihn erst im nächsten Jahr wiedersehen – und irgendwann gar nicht mehr.

Vor Ramadan bastelten wir mit Mama und meiner Tante Nana einen Fasten-Kalender. Jeder machte sich im Vorfeld Gedanken darüber, wie sein Kalender aussehen sollte. Jedes Geschwisterpaar bekam einen gemeinsamen Kalender. An jedem Tag durften wir nach dem Fastenbrechen ein Türchen aufmachen. Darin war entweder ein Stück Schokolade, ein Haargummi, eine Spange, ein Sticker, ein Buntstift oder ein Radiergummi. Die Türchen füllten die Engel, wenn wir schlafen gingen. Wir saßen in unserem Zimmer und rund um uns herum lag bunter Karton in unterschiedlichen Größen, Scheren, Malfarben, Glitzerstifte, Kleber und bunte Schnüre. Zuerst malten wir eine Skizze und bestimmten die Farben. Dann ging das Basteln los. Überall verteilten sich Papierschnipsel im Zimmer. Im und unter dem

Bett, zwischen den Polstern, unter dem Teppich und zwischen den Büchern.

Unser Kalender hatte die Form einer Fantasie-Moschee, zwischen deren Säulen Regenbögen strahlten, Pferde und Katzen Flügel bekamen und Sailor Moon im Himmel auf einem Halbmond thronte und lächelte. Den Himmel wollten wir besonders schön in verschiedenen Blautönen mit Rot und Orange malen, um die Abenddämmerung darzustellen. Doch er wurde einfach nur kackbraun. Wir streuten blauen Glitzer auf das Bild, um es noch zu retten. Blöd nur, dass der Glitzer nicht ganz kleben blieb. Als wir das Bild aufstellten, fiel ein Großteil davon auf den Teppich und verteilte sich so im ganzen Zimmer. Auch in den Haaren und im Gesicht hatten wir Glitzer. Das Saubermachen dauerte länger als das Basteln selbst. Ich liebte den Kalender, der so groß war, dass er mir bis zur Schulter reichte. Die Fertigstellung unserer Fantasie-Moschee dauerte einige Tage. Auf ihre Säulen stempelten wir Muster. Überall waren rote Herzchen, gelbe Sterne, grüne Palmen, blaue Blumen und lila Hände zu sehen. Dann schnitt meine Tante mit dem Stanley-Messer vorsichtig kleine Türchen aus, die wir mit einem Filzstift nummerierten. Ich konnte es kaum erwarten, die erste Tür aufzumachen. Der Kalender bekam einen Ehrenplatz über dem Schreibtisch im Schlafzimmer. Ich fieberte bei jedem Türchen und rätselte, welche Kleinigkeit sich wohl diesmal dahinter verstecken würde.

Als wir das erste Türchen der letzten Ramadan-Woche öffneten, wurden zu Hause gerade die Vorbereitungen für die Feiertage in Angriff genommen. Wir feierten zweimal im Jahr Eid. Nach Ramadan zunächst das Zuckerfest, Eid al-Fitr. Wir nannten es auch das »kleine« Fest, weil es »nur« drei Tage gefeiert wurde. Und schließlich nach dem Haddsch das Opferfest, Eid al-Adha. Das war das »große« Fest, weil es noch einen Tag länger dauerte. Ganze vier Tage durfte ich mich von Süßigkeiten ernähren und bekam Taschengeld von allen möglichen Verwandten. In der Bäckerei unseres Vertrauens wurden die Eid-Süßigkeiten bestellt. Es waren Kekse mit Pistazien, Haselnüssen, Walnüssen und Zimt, Sesam oder Datteln.

Ich war schon damals ein Dattel-Keks-Fan. Mein Frühstück bestand aus fünf Dattel-Keksen und einem Glas Milch. Die frische Milch kauften wir von unserem Bauern Abu Mahmoud. Zu Hause wurde die Milch in einem riesigen Topf erhitzt, damit alle Keime und Bakterien abgetötet wurden. Dann wurde sie umgefüllt, zugedeckt und im Kühlschrank aufbewahrt.

Opa wusste, wie sehr ich Dattel-Kekse liebte, und versteckte immer ein paar für mich, wenn die Keksschachtel langsam leer wurde. Unter einem Teller über dem Kühlschrank holte Opa dann drei Dattel-Kekse hervor, und schon war ich das glücklichste Kind der Welt. Als wir Jahre später nach Österreich zogen, konnten wir diese Kekse bei keiner Bäckerei mehr bestellen. Also mussten wir sie selber machen. Die ersten Versuche meiner Mama waren mehr oder weniger improvisiert. Mal hatten wir die falschen Datteln gekauft, mal wurde der Teig zu hart, bis Mama eines Tages die perfekte Mischung raushatte, bei der wir bis heute geblieben sind.

Zuerst wurde der Teig vorbereitet und ausreichend geknetet, dann für einige Stunden zur Seite gelegt. Mama sagte, er müsse sich ausruhen, um besser zu schmecken. Da hatte sie recht, denn sowohl seine Temperatur als auch seine Konsistenz veränderten sich. Die Datteln wurden mit Nüssen püriert und gut vermischt.

Meine Schwester, mein Bruder und ich saßen in der Küche und formten kleine Kugeln aus der Dattel-Nuss-Masse und dem Keks-Teig, die wir dann in eine Holzform drückten. Damit der Teig aus der Form rauskam, mussten wir fest auf eine bestimmte Ecke der Form schlagen. Für jede Kekssorte wurde eine andere Form verwendet, und wir konnten später durch die Muster an der Oberfläche die Sorten unterscheiden. Die Kekse wurden nebeneinander aufgereiht und in den Ofen geschoben.

Meine Freunde in der Schule wussten immer, dass ich Eid feierte, wenn ich diese Kekse mit in die Schule brachte. Sie wollten immer davon kosten. Da wir aber nur eine kleine Menge dieser Kekse backten, hörte ich irgendwann auf, sie mitzunehmen. Das ständige Teilen nervte mich. Also packte ich stattdessen ein Butterbrot ein. Vom Butterbrot wollte dann keiner etwas abhaben.

Zu den Eid-Vorbereitungen gehörte auch, dass wir uns neue Kleidung kauften. Zweimal im Jahr gingen wir mit Mama einkaufen und wurden ganz neu eingekleidet. Wir bekamen neue Unterwäsche, Socken, ein Paar Schuhe und drei Outfits. Am Abend vor dem Eid duschten wir und zogen anschließend die neuen Pyjamas an. Amme Samira kämmte uns die Haare. Jedes Jahr nahmen wir uns vor, am ersten Feiertag in die

Moschee zu gehen. Tante Amal sollte uns in aller Früh abholen, was jedoch nur ein Mal klappte. Entweder standen wir zu spät auf, oder die Moschee war so voll, dass wir keinen Platz fanden.

Einmal vergaß meine Cousine, ihr Gebetsgewand mitzunehmen, und wickelte sich einen Schal um, den wir im Auto fanden. Sie sah sehr originell aus. Ich konnte mich kaum auf das Gebet konzentrieren. Ständig verlor sie ihren Schal beim Niederknien, und ich musste lachen. Ein Lacher war so laut, dass mich die ältere Dame neben mir anstupste und mich böse anschaute.

Danach fuhren wir nach Hause, und unsere Wanderung begann. Wir liefen von Tür zu Tür, vergleichbar mit Halloween, und besuchten Verwandte, die wir sehr gut bis weniger gut kannten. Viele von ihnen sah ich nur zum Eid. Ich war zwar mit ihnen verwandt, kannte aber ihre Namen nicht. Wir läuteten überall, ohne zu wissen, ob sie zu Hause waren oder nicht. Wir sind nie lange geblieben. Die Erwachsenen hatten an diesen Tagen einen so hohen Kaffee- und Teekonsum, dass sie ständig die Toilette aufsuchen mussten. Sie waren glücklich darüber, wenn ihnen auch Saft angeboten wurde. Aus Höflichkeit musste immer ausgetrunken werden.

Manchmal trafen wir einen Verwandten bereits bei einem anderen und sparten uns so einen Besuch. Da unsere Familie wirklich groß war und wir mit meinen Großeltern alle besuchten, mussten wir auch zu den Schwiegereltern aller Tanten. Daher fiel das Mittagessen häufig aus, und wir mussten uns mit Keksen zufriedengeben. Manche der Kekse schmeckten mir nicht, weshalb ich unauffällig ins Bad ging und sie ausspuckte. Am nächsten Tag setzten wir unsere Tour fort. Ich kannte die Small-Talk-Konversationen schon auswendig. Wir wurden immer in den Salon gebeten, durften unsere Schuhe anbehalten und saßen in einer Runde, sodass man einander sehen konnte. Dann wurde mit Komplimenten um sich geworfen. Der Kaffee und die Kekse wurden immer gelobt, auch wenn sie nicht gut waren. Die Wohnungseinrichtung wurde bewundert, auch wenn sich daran seit dem letzten Jahr nichts geändert hatte. Das jugendliche Aussehen der Verwandten wurde unterstrichen, auch wenn sie jetzt mehr Falten hatten als noch vor einem Jahr. Dann waren die Gastgeber dran, uns mit Komplimenten zu überhäufen. Es ging hin und her wie bei einem Pingpongspiel.

Ich fand es lustig, diesen Unterhaltungen zu folgen, solange es nicht um mich ging. In dem Moment, wo sie sich auf mich bezogen und anfingen mir durch die Haare zu fahren, mich immer wieder zu umarmen oder in meine Wangen zu zwicken, war der Spaß vorbei. Sie wollten, dass ich ihnen Bussis gebe und mich zu ihnen setzte. Währenddessen sagten sie zu meiner Mama, wie schön ich geworden und wie schnell ich gewachsen sei. Sie wünschten mir, dass ich im Leben Erfolg habe und einen guten Mann finde, dabei war ich erst zehn Jahre alt. Ich nickte und lächelte.

Zum Glück hatten wir Kinder den Nachmittag für uns. Mit dem Eid-Taschengeld, das wir von unseren Eltern, Großeltern und Verwandten bekamen, durften wir zum Jahrmarkt gehen. An vielen Ecken gab es Jahrmärkte mit großen Schaukeln in Schiffs- oder Tierform, Riesenrädern und anderen Spielgeräten. Mit meinen Cousinen, Cousins und Geschwistern gingen wir zum Jahrmarkt in der Nähe von Omas Wohnung. Am liebsten saß ich in der Schaukel. Besonders dann, wenn der Schausteller anfing zu singen und alle Kinder einstimmten. Wir kauften auch viele Süßigkeiten, vor allem rosa-blaue Zuckerwatte. Das hatte meine Mama nicht so gern, denn die Zuckerwatte war größer als mein Gesicht und alles wurde klebrig. An den letzten Eid-Tagen kamen dann Verwandte zu meinen Großeltern, weshalb sie zu Hause bleiben mussten. Auch unsere Nachbarn, die statt den islamischen Feiertagen Weihnachten und Ostern feierten, kamen vorbei. Zu Weihnachten und Ostern erwiderten wir dann den

Besuch und kamen zu ihnen. Während andere Kinder nur zweimal im Jahr große Feste feierten, Geschenke auspackten und Kekse backten, feierten wir doppelt so oft. Zu Weihnachten backten wir Vanillekipferl. Mama war die Einzige in der Umgebung, die diese Kekse backen konnte. Meine Cousinen und Cousins versammelten sich bei uns in der Küche und wir rollten lange Teigschlangen, die wir teilten und zu Halbkreisen formten. Wir backten ein Blech nach dem anderen. In der Küche wurde es so heiß, dass wir alle Fenster aufmachen oder sogar die Klimaanlage einschalten mussten. An Heiligabend durften wir unseren Balkon mit Lichterketten schmücken und dort die Kekse essen. Einfach so. Unsere Eltern gönnten uns diesen Spaß, obwohl wir Muslime sind.

Opa war froh, wenn er Ramadan und die anschließenden Feierlichkeiten hinter sich hatte. Die Wohnung war ihm trotz ihrer Größe zu eng, zu laut und zu voll. Außerdem musste er nach Omas Pfeife tanzen. Er genoss die Einsamkeit auf dem Land, während Oma den Trubel in der Stadt liebte. Sie ließ keine gesellschaftlichen Verpflichtungen aus: Hochzeiten, Verlobungen, Beerdigungen, Begrüßungen, Babypartys und vieles mehr. An manchen Tagen wurde sie von einer Tante für eine Beerdigung und später von einer anderen für eine Babyparty abgeholt. Für die Beerdigung hatte sie sich extra in schwarz oder dunkelblau gekleidet und kam dann gestresst nach Hause, weil sie sich schnell für die nächste Veranstaltung umziehen musste. Wenn man sechs Töchter hatte, die alle in eine neue Familie eingeheiratet hatten, hieß das auch, dass die eigene Familie um das Sechsfache anwuchs. Manchmal hatte Oma jeden Tag eine solche Verpflichtung, was ihr aber nichts auszumachen schien. Je nach Outfit und Uhrzeit konnte ich raten, um was für einen Anlass es sich handelte.

Opa versuchte, sich vor jeder Veranstaltung zu drücken, und seine beste Ausrede war, dass er so weit weg auf dem Land lebe. Genau darüber ärgerte sich meine Oma am meisten, denn es gehörte sich nicht, so oft abzusagen. Doch mit der Zeit erwartete niemand mehr, dass Opa kam. Für mich war es immer ein Rätsel, wie er so lange alleine bleiben konnte. Er hatte niemanden, mit dem er reden oder gemeinsam essen konnte. Weit und breit nur Stille und Natur. Vielleicht brauchte Opa eine Auszeit von den vielen Menschen, vor allem von seiner großen Familie. Auf dem Land waren die Bäume, Rosen, Frösche, Katzen und Vögel Opas Familie. Da gab es keine hitzigen Diskussionen, keine schreienden Kinder und kein klingelndes Telefon.

Zur Morgendämmerung machte sich Opa immer bereit für seinen Spaziergang, seine Runde mit dem Wasserschlauch, der Gartenschere und seinem kleinen weißen Hocker. Er setzte sich zu jeder Pflanze, schnitt sie zurecht, entfernte Unkraut und erzählte ihr etwas. Dann nahm er seine Sachen und spazierte weiter zur nächsten Pflanze. Draußen war es oft kalt und manchmal neblig, doch Opa hatte immer seinen rotbraunen oder blaugrauen Nachtmantel an. Wenn er bei der letzten Pflanze war, ging die Sonne auf.

Wenn ich auf dem Land übernachtete, versuchte ich, genauso früh aufzustehen wie er, um an dem Rundgang teilzunehmen, doch ich schaffte es nie. Manchmal aber kam ich etwas später dazu. Wenn ich vom Zimmer aus das fließende Wasser und das Quietschen der Gartenschere hörte, wusste ich, Opa war wach. Ich holte einen anderen Hocker unter der Treppe hervor und setzte mich zu ihm. Während er Äste und Blumen schnitt und vor sich hin redete oder summte, durfte ich den Wasserschlauch halten. Opa mochte es nicht so gern, wenn ich ihn störte und viele Fragen stellte. Anfangs antwortete er noch geduldig, dann nur noch in kurzen Sätzen oder gar nicht mehr. Dabei sagte er immer, es sei unhöflich, nicht zu antworten, wenn einem eine Frage gestellt wird. Nach dem zwanzigsten Ortswechsel war ich müde, gelangweilt und hatte Hunger. Also verabschiedete ich mich und ging ins Bett, um weiterzuschlafen. So viel frische Luft und Stille war ich nicht gewohnt.

Auf dem Weg ins Wohnzimmer, das zu einem temporären Schlafzimmer umgewandelt worden war, sah ich Oma, die ihr weißes Gebetsgewand anhatte und sich für das Morgengebet vorbereitete. Ich legte den Kopf auf mein Kissen und beobachtete sie, wie sie mit ihrer zarten Stimme Koransuren vor sich hin flüsterte, bis ich tief und fest einschlief. Sie wirkte zufrieden und gelassen. Manchmal legte ich mich auch in ihr Bett. Das einzig Unangenehme war, dass sie auf einem steinharten Kopfkissen schlief, weshalb ich Opas Kissen klaute, obwohl mir das zu weich war. Ich freute mich immer, wenn ich bei Oma Habiba und Opa Najm schlafen durfte. Dann legte ich mich zwischen sie, und Oma deckte mich so fest zu, dass ich mich nicht mehr bewegen konnte. Trotzdem war es sehr kuschlig.

Mit Opa durfte ich fernsehen. Im Schlafzimmer hatten sie einen Schwarz-Weiß-Fernseher, der flimmerte. Opa musste immer wieder aufstehen, ein paarmal auf das Gerät klopfen und die Antenne bewegen, damit das Bild aufhörte zu flimmern. Wir schauten meist alte arabische Filme oder Theaterstücke, die sehr lustig waren. Ich gab mir Mühe, nicht einzuschlafen, doch das viele Lachen machte mich müde. Oma kam viel später ins Bett, sie ging nie früh schlafen und machte nur selten ein Mittagsschläfchen. Wenn sie ins Bett kam, nahm sie eine Misbaha, eine Gebetskette ähnlich einem Rosenkranz, mit. Davon hingen immer mehrere an ihrer Bettkante, sodass sie schnell greifbar waren. Die Kette in der Hand, sprach sie stumm die Gebete, die sie in ihrem Herzen trug. Ich sah zu, wie eine Perle nach der anderen die Seite wechselte. Das war

Omas Schlafritual. Sie hatte lange und kurze Gebetsketten. Am meisten liebte ich die mit den Holzperlen, weil sich der Holzgeruch auf die Handflächen übertrug. Es roch frisch. Manchmal wickelte Oma eine Misbaha um ihre Hand und trug sie wie ein Perlenarmband. Überallhin nahm sie eine mit. Mir gab sie oft die kurze Misbaha und wollte, dass ich vor dem Schlafen auch ein paar Gebete spreche. Ich tat es ihr gleich, war aber zu sehr auf den Fernseher konzentriert und schlief ein, ohne die Misbaha aus der Hand zu legen. In der Früh hatte ich dann einen Perlenabdruck auf meinem Gesicht, und es dauerte Stunden, bis er wieder verschwand.

Auf Omas und Opas Bett konnten wir am besten herumspringen. Wenn beide nicht zu Hause waren, schlichen wir uns in ihr Zimmer. Auf ihrem Bett probierten wir neue Sprünge aus, bis einer von uns entweder auf den Boden fiel oder sich den Kopf an der Bettkante anstieß.

Im Sommer durfte sich die ganze Familie an Opas Garten erfreuen. Wir verbrachten den Großteil der Sommerferien dort. Plötzlich verlagerte sich das Kommen und Gehen von der Stadt aufs Land. Dort konnte man gut ohne Strom auskommen, denn es war nicht so heiß und auch nicht so dunkel. In der Stadt war es ohne Klimaanlage kaum auszuhalten. Man schwitzte permanent. Vielleicht kam mir Oma deswegen im Sommer immer kleiner vor. Sie schmolz in der Sonne um ein paar Zentimeter.

In den ersten Tagen drehte sich alles darum, es uns gemütlich zu machen. Schon in der Stadt wurde genau überlegt, was wir mitnehmen wollten, und alles von Bade- und Spielsachen bis hin zu Lebensmitteln eingepackt. Das Auto war bis unters Dach vollgestopft. Mama packte auch Lese- und Malbücher ein und hoffte, dass wir so ein bisschen beschäftigt wären. Aber in den Sommerwochen nahmen wir dann nur einen Stift in die Hand, um den Punktestand beim Karten spielen zu notieren oder uns Herzchen-, Sternchen- und Blümchentattoos auf die Schenkel zu zeichnen. Außerdem waren wir zu sehr damit beschäftigt, Frösche, Schnecken und Eidechsen zu verfolgen und Oliven, Weintrauben und Blumen zu pflücken, was uns eigentlich verboten war.

Unsere Ankunft war begleitet von einem Ritual, auf das wir uns seit Wochen freuten. Es war ein besonderes Ereignis, das nur ein Mal im Jahr stattfand: die Reinigung des Pools. Ich hätte nie gedacht, dass Putzen einmal eine meiner Lieblingsbeschäftigungen sein würde, doch die Poolreinigung war in der Tat etwas Besonderes. Wir zogen unsere Badeanzüge an und holten Schwämme, Wasserkübel, Seifen, Besen und den langen Wasserschlauch. Dann kletterten wir langsam zum Boden des Pools (nur an diesem Tag nahmen wir die Treppe!). Beim Putzen war alles erlaubt, niemand gab Anweisungen oder sagte uns, wie und wo wir schrubben sollten. Wir durften die Kübel ausleeren und uns in dem Matsch aus Wasser, Sand, Erde, Blättern und Seife wälzen. Mit der Zeit entwickelten wir auch unsere eigene Methode, die Fugen zu putzen und die Fliesen zum Glänzen zu bringen.

Nach der ersten Poolreinigung glaubten meine Cousinen, Cousins und ich, unseren Traumjob gefunden zu haben. Wenn wir erst groß wären, würden wir unsere eigene Reinigungsfirma gründen und richtige Profis sein. An Füßen und Händen befestigten wir jeweils einen Schwamm und schrubbten auf allen Vieren jede einzelne Fliese. Die Arbeitsflächen teilten wir gut ein. Jeder hatte seine eigene Fliesenreihe. Wenn wir mit dem Boden fertig waren, gingen wir zu den Wänden über. Die Seife machte den Boden richtig rutschig. Wir bewarfen uns gegenseitig mit Schaum, der rieselte, als ob es schneien würde, und rutschten hin und her und drehten uns im Kreis. Wir fielen so oft hin, dass jeder an den Knien und Ellbogen blaue Flecken hatte.

Anschließend wurde der Pool langsam mit Wasser gefüllt. Währenddessen blieben wir im Becken und beobachteten den Wasserstand, der von Minute zu Minute stieg. Das Wasser war so unglaublich kalt, dass unsere Lippen lila wurden und wir zu zittern begannen. Damit wir nicht raus mussten, liefen wir herum, um uns aufzuwärmen. Das Wasser stieg weiter, und aus dem Laufen wurde ein Schwimmen, denn irgendwann konnten wir den Boden nur noch mit den Fußspitzen berühren und dann nur noch, wenn wir tauchten. Ich liebte es zu beobachten, wie mein Körper immer leichter und leichter wurde.

Endlich konnten wir unsere Sprünge üben. Ich nahm Anlauf, zog die Füße zum Bauch und hielt sie mit meinen Händen ganz fest. Ja, hier kam meine erste Arschbombe. Nach mir folgten mein Cousin und meine Cousine. Meine Schwester versuchte einen Kopfsprung. Die ersten drei Sprünge sahen sehr gut aus, beim vierten landete sie auf dem Bauch. Sie tauchte auf und schwamm schnell zum Rand. Sie weinte und ihr Bauch war vom Aufprall ganz rot geworden.

Schwimmunfälle waren an der Tagesordnung. Manchmal sprang man falsch, nahm zu wenig Anlauf oder verschätzte sich. Hin und wieder lernten wir aus unseren Fehlern, aber meistens nicht. Die häufigsten Sätze, die unsere Eltern uns hinterherriefen, waren »Passt auf!«, »Nicht rennen!«, »Es ist rutschig!«, »Seid vorsichtig!«, »Langsam!« oder »Gott beschütze euch!« Oma baute oft das Wort »Gott« in ihre Sätze ein. Das machten viele Menschen in Syrien, egal ob sie stark gläubig oder weniger gläubig waren und egal welcher Religion sie angehörten.

Meine Oma Habiba benutzte häufig die Redewendung »In schā' Allāh«, was so viel heißt wie »So Gott will«, aber da war sie bei Weitem nicht die Einzige. Beinahe alle Menschen im arabischsprachigen Raum sagen das, wenn auch nicht in der ursprünglichen Bedeutung. »In schā' Allāh« ist eine Phrase, die in jede beliebige Konversation eingestreut werden kann. »Gehen wir später in den Park?«, »Gibt es morgen gefüllte Weinblätter?«, »Sehen wir uns bald wieder?«, »Rufst du mich nachher an?« Auf all diese Fragen ist »In schā' Allāh« eine akzeptable und oft gehörte Antwort. Wenn ich bei einer Konversation nicht wirklich zuhörte, sagte ich hin und wieder »In schā' Allāh«, nur um Aufmerksamkeit vorzutäuschen.

»In schā' Allāh« kann auch für »Schauen wir mal« stehen und wird vor allem dann gebraucht, wenn jemand keine Verpflichtung eingehen oder kein Versprechen abgeben will. Mit dieser Auslegung der Phrase ersparten sich die Erwachsenen auch die Diskussionen mit uns Kindern. Wenn auf die Frage »Gehen wir in den Park?« ein »Nein« gefolgt wäre, wären wir bockig, laut und anstrengend geworden. Bei einem »Ja« hätten wir uns gefreut. Doch wäre der Ausflug dann unerwartet ins Wasser gefallen, hätten wir die Erwachsenen als Lügner beschimpft. Um diplomatisch und schwammig zu bleiben, war »In schā' Allāh« stets die beste Antwort.

Zuletzt konnte die Redewendung auch als höfliche Absage genutzt werden. Anstelle eines harschen »Nein« war die Antwort schlicht »In schā' Allāh«. So wurden keine Gefühle verletzt und man musste keine Lügen oder Ausreden erfinden. Doch irgendwie übertrug man so die ganze Verantwortung auf Gott. Entscheidungen wurden vom Schicksal abhängig gemacht, ohne dass man selbst aktiv wurde. Dabei war Gott mit so vielen anderen Dingen beschäftigt, dass er sich wahrlich nicht mit den Kleinigkeiten der Menschen beschäftigen konnte.

Als ich noch ganz klein war, mussten wir immer das Wohnzimmer verlassen, wenn die Erwachsenen Nachrichten schauten. Ich hörte viele schreiende und weinende Menschen. Ein paar Jahre später durften wir im Zimmer bleiben, ich hielt mir aber die Augen zu, wenn ich die Verletzten sah. Das nahm mich zu sehr mit, weshalb ich froh war, dass wir im Sommergarten keinen Fernseher hatten. Statt wie in der Stadt um den Fernseher versammelten wir uns auf dem Land unter dem großen Olivenbaum. Von dort konnten die Erwachsenen uns gut im Auge behalten. Aber obwohl uns ihr ständiges »Vorsicht!« oder »Passt auf!« verfolgte, das sie uns laut hinterherriefen, blieben immer Narben und blaue Flecken von diesen Tagen im Sommergarten zurück.

Ich glaube, dass diese Zeit auch unsere Eltern abgehärtet hat. Anfangs waren sie innerhalb kürzester Zeit bei uns, wenn wir uns verletzten. Nach ein paar Tagen dauerte es schon etwas länger, bis sie angelaufen kamen. Sie erkannten bereits am Schrei, ob wirklich etwas Schlimmes passiert war, und ließen sich dementsprechend mehr oder weniger Zeit. Da der Boden neben dem Pool immer nass war, handelte es sich um die gefährlichste Stelle im Garten. Ausrutschen war also vorprogrammiert, selbst wenn man

Schuhe anhatte. Manchmal erwischte es auch die Erwachsenen. Wenn sie hinfielen, sah es allerdings viel lustiger und schmerzvoller aus als bei uns. Sie schrien dann genauso wie wir – nur kamen ihre Eltern nicht angerannt.

Eine weitere Gefahr waren die Bienen und Wespen, die von all den vielen verschiedenen Blumen angelockt wurden. Wir hatten nicht nur deshalb so viel Knoblauch in Opas Garten, weil wir ihn gern zum Kochen verwendeten, sondern weil bei jedem Stich eine Zehe aufgeschnitten und auf die geschwollene Stelle gedrückt wurde. Wie konnte so ein kleines Lebewesen einem bloß so viel Schmerz zufügen? Plötzlich lag nicht nur der Mann meiner Tante im Gras, sondern einmal auch mein Vater oder die Tante selbst! Ja, diese kleinen Lebewesen brachten alle zu Fall.

Oma Habiba ließ sich zu keiner Zeit davon abhalten, uns trotzdem weiterhin an die Gebete zu erinnern. Wie in der Stadtwohnung erinnerte sie uns immer wieder, wenigstens kurz beten zu gehen, denn auch im Sommer würde Gott gern von uns hören.

Zum Glück waren im Landhaus die Vorbereitungen für das Gebet viel kürzer. Irgendjemand sagte, es würde schon ausreichen, wenn wir für die Gebetswaschung in den Pool sprängen. Dadurch, dass Chlor im Wasser sei und immer wieder neues hinzugefügt werde, sei es ja immer sauber und rein. Für uns war es das beste Gerücht, das je im Umlauf war. Wir sprangen kurz in den Pool und hatten somit die Waschung schnell hinter uns gebracht. Nicht nur Gesicht, Hände und Füße waren gewaschen, auch Bauch, Po und Rücken! Über die Bikinis und Badehosen zogen wir anschließend das Gebetsgewand. Meine Cousins zogen sich Röcke von Oma über ihre Badehosen. Wir waren aber noch so nass, dass wir überall Abdrücke hinterließen. Je nach Größe und Form des Abdrucks wussten wir ganz genau, wer welches Gewand getragen hatte. Und ein Jahr später hieß es dann, der Pool sei doch nicht rein genug.

Besonders rund um die religiösen Themen kursierten viele Gerüchte. Vieles, das heute noch erlaubt war, war es morgen schon nicht mehr. Auch innerhalb der Familie kam es darüber hin und wieder zu Diskussionen. Jeder brachte seine Argumente vor, man konnte sich nicht einigen, Tee wurde serviert – und schon landete man beim nächsten Thema. Man einigte sich, dass man sich nicht einigen konnte. Vor allem die Frauen in der Familie hatten immer viel beizutragen. Sie waren gute Beobachterinnen und hauptsächlich für die Sozialkontakte verantwortlich. Ihre Erzählungen und Witze waren stets sehr lebendig. Tante Amal wusste mit Abstand am meisten. Wenn man wissen wollte, wer zuletzt ein Kind bekommen hatte, fragte man sie. Wenn man wissen wollte, wessen Hochzeit bevorstand, fragte man sie. Wenn man wissen wollte, wie die Kinder der Nachbarin in ihren Prüfungen abgeschnitten hatten, fragte man sie.

Ihre Kontaktfreudigkeit hatte sich auch auf ihren Papagei Modi übertragen. Er war ein grau-weiß-schwarzer Vogel mit roten Schwanzfedern. Brav begrüßte er jeden, der die Tür öffnete, und gab sich als meine Tante aus. Er konnte ihre Stimme exakt nachahmen und auch Floskeln, die sie gelegentlich gebrauchte, warf er im richtigen Moment ein. Oder es kam plötzlich aus einer Ecke des Wohnzimmers ein spitzer Kommentar, der alle zum Schweigen brachte. Modi! Er ließ alle in der Wohnung nach seiner Pfeife tanzen. Ständig liefen meine Tante, ihr Mann, meine Cousine und mein Cousin zwischen Telefon und Tür hin und her, denn er konnte die Klingeltöne des Telefons und der Haustür imitieren. Meine Tante ließ ihre Zimmertür daher tagsüber immer offen, um besser unterscheiden zu können, ob es der Papagei ist, oder ob es wirklich klingelt. Sie wollte nicht so oft umsonst zur Tür laufen müssen. Nach einiger Zeit lernte Modi meine Tante auch dann zu imitieren, wenn sie wütend war. Da schrie er meine Cousine und meinen Cousin an, schickte sie in ihr Zimmer und gab ihnen Hausarrest. Er konnte dabei noch überzeugender sein als meine Tante. Wenn sie mal Ruhe brauchte, gab sie ihm Sonnenblumenkerne. Die liebte er besonders und schälte konzentriert die Kerne mit seinem kleinen Schnabel. Auch ansonsten knabberte Modi gern an allem, was ihm zu nahe kam. Er streckte seinen Kopf aus dem Käfig und kratzte mit seinem Schnabel an der Tischkante oder knabberte die Pflanzen an, was meine Tante wütend machte.

Ich mochte Modi eigentlich immer sehr gern, habe mich viel mit ihm unterhalten und auch versucht, ihm meinen Namen beizubringen. Doch auf einen Schlag änderte sich unsere Beziehung. Ich spielte mit meiner Cousine, wir waren bei ihr zu Hause. Hinter mir saß Modi in seinem Käfig und knabberte unbemerkt an meinem T-Shirt. Als ich aufstand, war es bereits rückenfrei. Es blieben nur die lila-blauen Rüschenärmel übrig. Außer mir vor Wut weinte ich und schrie Modi an, denn das T-Shirt war noch neu und ich liebte es. Ich hatte sogar eine dazugehörige

lila-blaue Hose. Meine Cousine hingegen konnte sich vor Lachen kaum mehr auf den Beinen halten und musste sich hinlegen. Mama und Tante Amal eilten ins Zimmer, weil sie mich weinen hörten. Aber auch sie konnten sich das Lachen nicht verkneifen. Seitdem hielt ich Abstand von Modi, und Tante Amal stellte ihn auf den großen Esstisch, sodass links und rechts nichts neben ihm lag.

Im Sommer durfte er in den Hof, um die Sonne und die frische Luft zu genießen. Seitdem war er offiziell ein muslimischer Papagei, denn dort lernte er, die Schahāda, das islamische Glaubensbekenntnis, zu sprechen. Im Religionsunterricht erwähnte meine Lehrerin einmal, dass man Moslem würde, wenn man sich nur zu einem einzigen Gott bekenne. Doch da überprüfte keiner, ob man es wirklich ernst meinte. Man unterschrieb nichts und schwor auf nichts. Ich habe selbst gehört, dass Modi die Schahāda sprach.

Modi war sogar so religiös, dass er den Adhān gleichzeitig mit dem Muezzin sang. Oma Habiba erzählte, dass die syrischen Muezzin einen speziellen Gesangsunterricht besuchen mussten und deshalb den Adhān so schön vorsingen und die hohen Töne halten konnten. In keinem anderen Land sängen sie so schön wie in Syrien. Und sie hatte recht: Ich war in Marokko und Ägypten, und da bekam man Angst, wenn der Adhān anfing. In Syrien rief jeder Muezzin fünf Mal singend zum Gebet. Jeder von ihnen hatte eine eigene Stimme und eine eigene Art zu singen. Wenn es in der Moschee nebenan zum Beispiel einen neuen Muezzin gab, konnte Oma das an der Stimme erkennen. Manchmal war sie über den Wechsel erfreut, manchmal nicht. Ich fragte mich, wieso die Muezzin nicht bei einem Song-Contest vorsangen. Das wäre doch mal etwas gewesen. So hätte sich Oma auch für Song-Contests interessiert und nicht umgeschaltet, wenn wir uns welche anschauen wollten.

Damaskus war zwar die Hauptstadt, aber fühlte sich immer an wie ein Dorf. Tante Amal bekam ihre Informationen von überall, als hätte sie Spitzel an jeder Straßenecke, die ihr Auskunft gaben. Doch die Menschen teilten ihr alles freiwillig mit. Ständig begrüßte meine Tante irgendwelche Leute auf der Straße, selbst dann, wenn sie im Auto saß. Auf einmal fuhr sie schneller oder langsamer, um mit einem anderen Auto mitzuhalten und mit den Insassen ein Gespräch anfangen zu können. Sie war eine miserable Autofahrerin. In ihrem Auto hatte ich immer Angst um mein Leben. Obwohl sie die älteste Tante war, hatte sie als Letzte den Führerschein gemacht. Ihre Schwestern hatten sie zwar dazu ermutigt, doch hatten sie am Ende auch Angst, mit ihr zu fahren.

Wie wichtig es war, sich anzuschnallen, lernte ich durch die Fahrten mit Tante Amal. Ihr Fahrstil machte jeden gläubig. Auf dem Rücksitz aufgereiht, beteten ich, meine Cousine und meine Schwester zu Gott, er solle uns heute noch nicht sterben lassen. Leise wiederholten wir alle Bittgebete und Sprüche, die wir kannten. Wenn meine Tante fuhr, mussten wir mucksmäuschenstill sein, sonst konnte sie sich nicht auf den Verkehr konzentrieren. Wir durften keine Fragen stellen, keine Musik hören und keine Witze reißen. Ich ging mit meinen Cousinen und Cousins lieber zu Fuß, als in ihr Auto zu steigen.

Um im chaotischen Verkehr Syriens überleben zu können, musste man schon waghalsig und verrückt sein und sich ständig vordrängeln. Da galten keine Verkehrsregeln, und wie in der Wildnis hatte der Stärkere Vorrang. Entweder war das Auto so groß, dass andere automatisch Abstand hielten, oder man erkannte am Fahrstil, dass der Fahrer es ernst meinte. Das Problem war, dass meine Tante immer ein Faible für kleine Autos hatte. An einem Nachmittag holte sie ihre Kinder von meiner Oma ab. Feierlich schritt sie zum großen Fenster im Wohnzimmer und fragte stolz: »Seht ihr dieses Auto dort? Das ist meins.« Wir schauten raus und hielten Ausschau nach dem besagten Auto. Oma hätte es eigentlich direkt auffallen müssen, denn sie kannte alle Autos in der Nachbarschaft.

Das Auto meiner Tante war klein und gelb, weshalb alle es für ein Taxi hielten. Als Oma fragte, wieso es ausgerechnet ein gelbes Auto hatte sein müssen, meinte meine Tante, so würde sie es nicht verlieren. In der Tat war das Auto ein Hingucker und stach zwischen all den schwarzen und blauen Autos heraus. Wenn sie damit anhielt, stiegen fremde Leute einfach in ihr Auto ein und nannten ihr Adressen, bis sie sich umdrehte und erklärte, das sei kein Taxi, sie hole nur ihre Kinder ab. Nachdem so etwas häufiger vorgekommen war, gewöhnte sie sich an, das Auto zu verriegeln.

Tante Amal hätte sich ruhig auch den Fahrstil der syrischen Taxifahrer abgucken können. Die wussten genau, wie man sich vordrängelte, und scheuten sich nicht davor, anderen Autos extrem nahe zu kommen und sie zu bedrängen. Das Auto meiner Tante war aber nur äußerlich ein Taxi, ihr fehlte der Wagemut, es auch wie ein Taxi zu fahren. Andere Autofahrer rechneten mit der entsprechend aggressiven Fahrweise, wenn sie sie sahen – und wunderten sich dann über die vorsichtige Fahrerin, die alle vorließ. Es kam nicht selten vor, dass Tante Amal im Kreisverkehr stecken blieb, weil sie nicht wusste, wie sie es anstellen sollte, wieder hinauszukommen. Dann fuhren wir im Kreis, bis mir schlecht wurde. Meine Cousine Laila auf dem Vordersitz erklärte ihrer Mutter schließlich, wie wir da wieder rauskämen: »Mama, wir schaffen das. Du musst dich nur trauen. Du tust jetzt, was ich sage, ja?« Meine Cousine gab ihr ganz selbstbewusst Anweisungen, dabei war sie erst zwölf Jahre alt. Wir feuerten meine Tante an und schrien, als ob wir in der Achterbahn säßen. Und ein paar Minuten später waren wir tatsächlich wieder draußen aus dem Kreisel – ein Erfolgserlebnis.

Je erfahrener meine Tante wurde, desto gefährlicher wurde ihr Fahrstil. Jedes Mal, wenn wir einem Auto zu nahe kamen, blieb mein Herz kurz stehen. Doch irgendwann gewöhnten wir uns auch daran. Tante Amals Auto bekam so viele Dellen und Kratzer, dass es sich nicht lohnte, es zur Reparatur zu bringen. Es ähnelte immer mehr einem echten Taxi, und die Taxifahrer hatten jetzt wirklich Angst vor ihr. Taxifahren fand ich immer faszinierend.

Meistens waren es männliche Fahrer, nur ganz selten gab es auch Fahrerinnen. Das Innere des jeweiligen Taxis sagte viel über seinen Besitzer aus. Es war erstaunlich, was die Fahrer alles unternahmen, um ihr Taxi zu personalisieren. Von komischen Plüschtieren und Lichterketten bis hin zu bunten Teppichen, Präsidentenfotos und Duftstäbchen gab es einfach alles. Da stieg man in ein Auto ein, in dem es roch wie in einer Kirche, und in einem anderen wie in einer Eisdiele. Manche Taxifahrer fingen ein Gespräch mit einem an, andere waren eher still und konzentrierten sich auf den Verkehr. Oder sie hatten das Radio an und summten oder sangen leise mit.

In Österreich hatten die vielen Taxifahrten ein Ende für mich. Höchstens wenn ich am Wochenende unterwegs und zu müde war, mit der Nightline nach Hause zu fahren, stieg ich noch in ein Taxi.

Da die Eltern meiner Mama in Österreich lebten, konnten wir anfangs nur ein Mal im Monat mit ihnen telefonieren. Wir mussten immer auf die Zeit achten, das lange Telefonieren konnte schnell teuer werden. Mama redete am längsten, während wir nur kurz »Hallo« sagen und die üblichen Fragen über Schule und Alltag beantworten durften.

Später kauften wir uns ein Faxgerät. Es war eine Sensation und im Salon wurde ein ganzer Tisch dafür freigeräumt. Alle Glas- und Kristallfiguren wurden auf die anderen Tische verteilt, selbst jene, die normalerweise nie ihren Platz wechselten. Meine Cousinen und Cousins waren extra zu uns gekommen, um sich das neue Gerät anzuschauen. Alle Lichter im Salon wurden eingeschaltet, sowohl der große Kristallleuchter als auch die zwei Stehlampen in den Ecken. Mama rief in Wien an, um eine Fax-Probesendung anzukündigen. Zuerst schickte uns Opa einen Zettel aus Wien, dann schickten wir einen Zettel zu ihm. Alle starrten das Faxgerät an, denn das Telefon klingelte bereits. Ein Licht blinkte und das Faxgerät machte ein tickendes Geräusch. Das konnte nur Magie sein. Alle staunten und beobachteten die weiße Papierrolle, die sich langsam ausrollte und mit Buchstaben und Zeichen füllte. Bestimmt saßen kleine Männlein oder Engel in dem Gerät, die diese Buchstaben schrieben. Vielleicht konnte ich jetzt anstatt zu beten auch ein Fax an Gott schicken? Bestimmt hatte sich Gott inzwischen auch so ein Gerät zugelegt, wenn nicht gleich mehrere. Das Fax gehörte nicht nur uns, sondern der ganzen Familie. Fortan kam jeder, der etwas verschicken musste, zu uns: Familienmitglieder, Freunde und Freundinnen meiner Tanten, deren Eltern oder

Nachbarn. Wir schickten meinen Großeltern in Wien Briefe, Zeichnungen, Kopien von amtlichen Dokumenten und Fotos. Einmal schickte Mama auch Röntgenbilder der Schwiegermutter meiner Tante, denn mein Opa in Wien war Arzt und wurde immer zurate gezogen. Wir Kinder versuchten, auch andere Dinge zu schicken, doch nichts war dünn genug. Die Schokolade machte alles dreckig und klebrig. Die Socken brachten das Gerät laut zum Piepen. Was aber funktionierte, waren Haare.

Eines Abends schoben meine Cousine Laila und meine Schwester vorsichtig meine Haare ins Faxgerät. Anfangs war es aufregend, denn ich wollte zu Oma Hayat nach Wien. Ich freute mich auf die Reise mit dem Faxgerät und malte mir aus, wie es wohl sein würde. Ob ich dann in schwarz-weiß ankäme und ganz flach? Doch schon bald spürte ich nur noch Schmerz. Meine Haare hatten sich verfangen. Ich schrie so lange, bis die Erwachsenen den Stecker zogen und ich langsam befreit wurde. Aus der Traumreise wurde ein Albtraum, denn um mich zu befreien, mussten mir die Haare abgeschnitten werden. Das Faxgerät wurde auseinandergeschraubt und die Haare einzeln herausgezogen. Hätte dieser Testlauf funktioniert, hätte ich nach der Schule nach Wien gefaxt werden und am Abend zurück in Damaskus sein können. Ich hätte keine Koffer packen und nicht auf den Sommer warten müssen.

Ich hätte so viel Kinderschokolade essen können, wie ich wollte. Wenn Oma Hayat im Sommer aus Wien nach Damaskus kam, brachte sie uns immer ein Stück Österreich mit. Dieses Stück Österreich bestand hauptsächlich aus Schokolade, Schwarzbrot, Puten-Extrawurst, Marillenknödeln, Germknödeln, Zwetschgenknödeln und Süßigkeiten von Haribo. Damals störte sich noch keiner an der Frage, ob die Haribo-Produkte halāl – also nach islamischem Recht zulässig – waren oder nicht. Anfangs beschränkte sich Omas Auswahl auf Haribo Goldbären. Einmal brachte sie Lakritze mit, was bei uns Kindern überhaupt nicht gut ankam. Das meldeten wir natürlich sofort, damit Oma ein solcher Fehler beim nächsten Besuch nicht noch mal unterlief. Dass Haribo-Produkte Tiergelatine enthielten, erfuhr ich erst in Wien, als eine Mitschülerin mich komisch ansah und meinte: »Das darfst du doch gar nicht essen. Es ist harām, also verboten.«

Ich war irritiert. Sie wusste besser Bescheid als ich? Sie war doch gar keine Muslima. Woher wollte sie also wissen, was halāl war oder harām? Manchmal wusste ich es selbst nicht, und auch meine Familie war sich nicht immer einig. Außerdem hatte ich in meinen vierzehn Jahren in

Damaskus oft aus Österreich importierte Gummibärchen gegessen, aber nie hatte jemand etwas dagegen gesagt. Wahrscheinlich lag es daran, dass es in ganz Syrien keine Haribo-Produkte gab und sich deshalb auch niemand je mit den Zutaten beschäftigt hatte. Wie konnte etwas so süß sein – und trotzdem Schwein enthalten? Das verstand ich einfach nicht. Für mich brach eine Welt zusammen. Ich hatte Angst, durch das Essen von Haribo-Süßigkeiten so viele Sayi'aat, also Minuspunkte, auf meinem Karma-Konto angesammelt zu haben, dass mich Gott deswegen nicht mehr mochte. Plötzlich war mir auch klar, warum er kaum auf meine Gebete reagierte. Ich spuckte die Gummibärchen aus und gab die Tüte meiner Mitschülerin. Jetzt musste ich nur eine Ersatz-Süßigkeit finden, doch an die Goldbären kam nichts ran. Als ich nichts Vergleichbares fand, erklärte ich sie kurzerhand wieder zu halāl. Als der Vegetarismus hip wurde, kamen vegetarische Varianten von Haribo auf den Markt. So war zumindest *dieses* Problem gelöst.

Doch dann kam irgendwoher das Gerücht auf, in Milchschnitte, Kinder Bueno und Milka Tender sei Alkohol enthalten und diese Süßigkeiten daher ebenfalls harām. Als Mama uns und den Kindern ihrer Freundin Milchschnitten gab, brach ein Streit zwischen den Müttern aus. Mamas Argument war, dass wir Kinder ja nicht zehn Stück äßen, sondern nur eines, was uns wohl nicht gleich zu Alkoholikern machen würde. Doch ihre Freundin blieb hart, so was käme ihr nicht ins Haus. Also packte Mama die Milchschnitten wieder in den Kühlschrank und gab uns stattdessen ein Stück Erdbeerschokolade. Später grummelte sie, dann dürfe sie uns ja auch keine Äpfel und anderes Obst mehr geben, da es durch die Gärung doch auch Alkohol enthalte, wenn auch von Gott gemachten. Ich hatte das Gefühl, Mama nervten solche Diskussionen, vor allem wenn ihr Gegenüber überkorrekt wurde und es um die Religion ging. »Wir sollten den Blick für das Wesentliche nicht verlieren«, pflegte sie dann zu sagen.

Aus meiner Zeit in Damaskus kann ich mich kaum an eine Diskussion erinnern, bei der wir über halāl oder harām sprachen. Einziger Streitpunkt bei den Süßigkeiten war, dass wir so wenig leckere ausländische Süßigkeiten hatten, dass Mama sie gerecht auf- und einteilen musste. Sie versteckte alles gut, denn es musste für ein ganzes Jahr reichen. Die Knödelpackungen ordnete sie ins Tiefkühlfach. In einer Packung Marillenknödel waren immer acht Stück drin. Damit sie nicht so schnell ausgingen, machte Mama immer nur einen Knödel pro Person. Einen für sich, einen für meine Schwester, einen für meinen Bruder und einen für mich. Als mein Bruder noch nicht auf der Welt war, durften meine Schwester und ich uns einen weiteren Knödel teilen. Bis es wieder einmal Knödel zu essen gab, vergingen mehrere Monate. Die Wurst wurde auch eingefroren, und Mama holte sie nie allein für uns raus, sondern immer nur dann, wenn meine Cousinen und Cousins bei uns zu Gast waren. Das ärgerte mich, denn so konnte ich die Puten-Extrawurst nie richtig genießen. Die Packung reichte höchstens für zwei solcher Treffen aus und bei jedem Treffen bekam ich nur eineinhalb Brote.

Eigentlich brachte Oma Hayat diese Luxusgüter ja für mich und meine Geschwister mit. Ich verstand nicht, wieso wir immer alles mit den anderen teilen mussten. Bei der Schokolade war es nicht anders. Mama gab uns nur dann ein Stück, wenn meine Cousinen und Cousins bei uns waren. Ich wollte doch nur ein Mal eine ganze Tafel für mich alleine haben!

Mir blieb also nichts anderes übrig, als Mamas Schokoladen-Versteck zu finden. Da sie es mir nicht verraten wollte, fragte ich Gott nach dem Versteck. Ich betete und betete, doch nichts. Kein Zeichen. Ich bemühte mich, besonders brav zu sein, damit Mama mir das Versteck doch noch verriet. Es half wieder nichts. Ich musste mir etwas einfallen lassen. In den kommenden

Tagen passte ich also auf und beobachtete Mama ganz genau. Ich lief ihr durch die ganze Wohnung hinterher und hoffte, sie würde uns bald ein Stück Schokolade geben. Als es so weit war, ging sie in ihr Zimmer und schloss die Tür hinter sich. Ich presste mein Ohr an die Tür und versuchte, anhand der Geräusche zu erkennen, welchen Schrank oder welche Schublade sie aufmachte. Weil es quietschte, konnte es nur der hintere Schrank sein. Dann hörte es sich so an, als würde sie Sachen verschieben. Das waren handfeste Hinweise.

Als Mama mit Oma zu einer Beerdigung ging, schlichen sich meine Schwester und ich in ihr Zimmer. Wir hatten ungefähr zwei Stunden Zeit, um nach der Schokolade zu suchen. Wir öffneten den hinteren Schrank, doch alles darin sah so aus wie immer. Unten standen Mamas Handtaschen und Stöckelschuhe (von denen sie manche nie anzog, weil sie sich dann zu groß fand). Auf dem oberen Regalbrett lagen Hosen. Wir wühlten zwischen den Schuhen und plötzlich fanden wir ein Schoko-Bons-Papierchen. Meine Schwester und ich räumten die Handtaschen aus und schauten in jede hinein, bis wir schließlich die Schoko-Bons-Packung fanden. Jetzt mussten wir überlegt vorgehen. Wenn wir alles aufaßen, würde Mama es herausfinden und ein neues Versteck suchen. Also nahmen wir jede nur zwei

Stück und legten die Taschen danach genau so wieder zurück, wie wir sie vorgefunden hatten. Schnell gingen wir ins Badezimmer und verriegelten hinter uns die Tür. Wir setzten uns in die leere Badewanne und holten die Süßigkeiten aus unseren Hosentaschen hervor. Weil ich aber einen der Schoko-Bons zu lange in der Hand gehalten hatte, war er geschmolzen. Ich leckte die Schokolade vom Papier, genoss, wie sie auf meiner Zunge zerging und ich dann die Milchfüllung schmeckte. Meine Schwester steckte sich beide gleichzeitig in den Mund. Aber dann hörten wir Amme Samira, die nach uns rief.

Um unsere Spuren zu verwischen, gingen wir in die Küche und schmissen die Papierchen in den Müll. Dann aßen wir schnell eine Banane, damit die Schale das Papier verdeckte. Unser Plan ging auf. Mama kam zurück und merkte nichts. Ich wünschte mir, dass alle Pläne so gut aufgehen würden, doch das taten sie nicht immer.

Meine Cousinen und Cousins, meine Geschwister und ich träumten immer davon, einmal gemeinsam einen großen Garten zu besitzen, in dem wir Zitronen- und Olivenbäume anpflanzen könnten. Wir planten, alle zusammen in einem mehrstöckigen Haus zu wohnen, damit wir alle Nachbarn wären und immer gemeinsam essen und Verstecken spielen könnten. Ich nahm mir auch vor, eine große Syrien-Reise zu machen, auf der ich dann Geschichten über vergangene Königreiche und prächtige Ruinen hören würde. Doch manche Pläne gehen einfach nicht auf, sie bleiben Träume.

Die einzige Stadt, die wir mehrmals besuchten, war Latakia. Wir fuhren oft im Sommer dorthin, um das Meer zu genießen. Der erste Ausflug war eine Idee meiner Tante Amal. Wir waren eine rein weibliche Reisegruppe, was sehr unüblich war. Tante Amal organisierte einen kleinen, klimatisierten Bus, buchte die Apartments und überredete die Männer, zu Hause zu bleiben. Sie erklärte ihnen, sie habe alles unter Kontrolle und einen erfahrenen Fahrer ausfindig gemacht. So war meine Tante – eine Powerfrau und Überredungskünstlerin mit zwei Kindern. Keiner konnte ihr etwas abschlagen, weil sie bei allen etwas guthatte. Im Bus saßen ihre sieben Freundinnen (die auch die Freundinnen meiner Mama waren) mit ihren kleinen Kindern. Im Bus wurde gesungen, getanzt, gegessen, getrunken und gespielt. Bei so vielen Kindern war das ganz normal. Der Busfahrer tat mir leid, doch auch er schien Spaß zu haben, da er mitsang und immer wieder im Takt der Lieder hupte. Wir machten mehrere Pausen, weil immer jemand aufs Klo musste oder ein Gebet sprechen wollte. Der Kofferraum war voll aufblasbarer Schwimmreifen in allen Formen, aufgetürmten Kühlboxen und Koffern.

Wir waren nur für eine kurze Zeit in Latakia, daher verbrachten wir jede Sekunde am Strand. Nicht alle Mamas gingen im Meer schwimmen, manche sonnten sich nur und wurden so rot, dass ich Angst vor ihnen bekam. Je nachdem mit welchem Öl sie sich einrieben, rochen sie entweder nach Kokosnuss, Karotte oder Fritteuse. In diesen Tagen mussten die Mamas einmal nicht kochen. Zum Frühstück bekamen wir Sandwiches mit Käse oder Zatar, mittags gab es das Gleiche, jedoch noch ein Stück Obst dazu. Und am Abend gingen wir auswärts essen.

Schnell verging die Zeit zwischen Sandburgen bauen, Tauchen und Muscheln sammeln. Mama ließ mich nur eine Auswahl der Muscheln, die ich fand, mitnehmen. Für die anderen Muscheln grub ich ein tiefes Loch und versteckte sie in der Hoffnung, sie im nächsten Jahr dort abholen zu können. Denn die Mamas sprachen bereits darüber, dass sie diesen Ausflug gern wiederholen wollten.

Dann ging es zurück nach Damaskus. Doch kaum waren wir ein paar Stunden gefahren, hatten wir eine Panne. Der Fahrer stieg aus und versuchte vergeblich, den Schaden zu beheben. Manche Mamas bekamen Panik, beteten und malten sich Horrorszenarien aus. Andere wiederum lachten und erzählten Witze, während meine Tante mit dem Fahrer nach einer Lösung suchte. Damals gab es noch keine Handys, also konnte Tante Amal keine Hilfe rufen. Sie entschied sich, einfach ein paar Autos anzuhalten. Einige ihrer Freundinnen fanden die Idee total verrückt und versuchten, sie meiner Tante auszureden. Doch sie war fest entschlossen.

Wir Kinder wurden im stehen gebliebenen Bus versteckt, und meine Tante stoppte mit ein paar anderen mutigen Müttern ein Auto und einen Minibus, in dem ein Teil der Gruppe schon mal vorfahren konnte. Mit dem gestoppten Auto fuhr meine Tante mit dem Busfahrer zur nächsten Autowerkstatt, während wir am Straßenrand warteten und mit Steinen spielten. Als die Hilfe kam, bastelten die Männer ein paar Minuten an unserem Bus herum, und wir konnten unsere Fahrt fortsetzen. Ein paar Jahre darauf fuhren wir mit zwei Bussen nach Latakia.

Für Tante Amal schien nichts unmöglich zu sein. Sie hatte die kleinste Wohnung, doch bei ihr war immer am meisten los. Die Wohnung lag zwischen der Schule und unserem Zuhause. Meine Schwester und ich gingen oft nach dem Unterricht zur ihr, um mit meiner Cousine und meinem Cousin zu spielen oder um gemeinsam Hausaufgaben zu machen.

Da in Syrien alle Schulen die gleichen Bücher verwendeten, konnte ich mit meiner Cousine auch dann noch lernen, als sie die Schule gewechselt hatte. Der einzige Unterschied bestand darin, dass ihre Bücher neu waren und meine schon gebraucht. In meinen Büchern waren kleine Kritzeleien von anderen Schülern oder Schülerinnen. Ich musste meine Bücher am Ende des Jahres zurückgeben, meine Cousine nicht. Ich wurde für jede Schmiererei bestraft, meine Cousine nicht. Ich durfte meinen Namen nur mit Bleistift reinschreiben und musste ihn am Ende des Schuljahres ausradieren, meine Cousine nicht.

Einmal bekam ich ein Biologiebuch, bei dem die Hälfte der Seiten herausgerissen waren. Als ich mich bei der Lehrerin beschwerte, meinte sie, ich hätte die Blätter mit Absicht herausgerissen, und bestrafte mich. Mama kaufte mir dann ein neues Biologiebuch, weil ich mit meinem Buch nicht lernen konnte.

Die Tochter dieser gemeinen Lehrerin ging in meine Klasse. Täglich kam sie in einem schwarzen Auto mit verdunkelten Fensterscheiben zur Schule. Wenn sie zu spät kam, wurde das nie notiert. Alle wollten mit ihr befreundet sein, weil sie gemeinsam mit ihrer Mutter bestimmen durfte, wer nach vorn an die Tafel kommen musste. Sie durfte schon vor Unterrichtsende zum Schulkiosk, damit sie nicht in der Schlange anstehen musste. Außerdem durfte sie jederzeit das Klassenzimmer verlassen und im Hof spazieren gehen. Diese Mitschülerin war sehr gemein und hänselte viele der anderen Schüler. Ich hörte, dass ihr Papa ein sehr hoher Offizier beim Militär war. Möglicherweise war ihre Mutter deshalb die strengste Lehrerin an der Schule. Ihre Schläge mit dem Stock hörte man durch die Wände. Wenn sie Hofaufsicht hatte, traute sich keiner zu rennen. Wir mussten mit ihrer Tochter spielen; wenn nicht, verpetzte sie uns und wir bekamen Ärger.

Als ich Mama von all dem erzählte, riet sie mir, höflich auf Distanz zu gehen. Ich solle hin und wieder mitspielen, aber wenn ich nicht wollte, mir eine Ausrede einfallen lassen. Ich könnte sagen, ich hätte Bauchweh oder müsse mein Sandwich noch aufessen und das dann auch ganz langsam tun. Meistens hat das funktioniert.

Nach der Schule versuchte Mama oft, mit mir zu lernen. Doch wenn es um die Arabisch-Aufgaben ging, warf sie das Handtuch. Sie wusste auch nicht mehr als ich. Häufig musste ich ihr Grammatikregeln erklären. Mama hatte hauptsächlich österreichische Schulen besucht und war nur wenige Jahre in die Volksschule in Damaskus gegangen. Wenn sie mit Oma Hayat, ihrer Mutter in Wien, telefonierte, sprach sie nur Deutsch mit ihr, weil sie wusste, dass keiner in der Wohnung sie belauschen konnte. Wahrscheinlich betete Mama auch auf Deutsch, weil es ihr leichter fiel. Ich glaube, all ihre Wünsche an Gott äußerte sie auf Deutsch.

Gott hatte neben seinem Callcenter bestimmt auch eine große Bibliothek mit vielen Wörterbüchern, damit er das, was er nicht verstand, nachschlagen konnte. Obwohl ich Arabisch sprach, musste ich, wenn wir alte Gedichte lasen, auch einige Wörter nachschlagen. Dabei glaubte ich immer, die Sprache ziemlich gut zu beherrschen.

Der erste Kindergarten, den ich in Damaskus besuchte, war nicht weit weg von zu Hause. Dort gab es nur Erzieherinnen, die ein Kopftuch und ein großes Kreuz um den Hals trugen. Ihre Kopftücher waren anders gebunden als das meiner Oma. Sie hatten auch bodenlange Kleider mit langen Ärmeln an. Jeden Morgen beteten wir zu Gott und noch jemand anderem. Er hieß nicht Mohammed, sondern Jesus Christus. Mama sagte, Jesus sei auch ein Prophet, aber schon vor Mohammed auf der Erde gewesen.

Im Koranunterricht wurden viele Geschichten über Jesus erzählt. Die Geschichten über ihn waren irgendwie spannender als die über Mohammed. Am spannendsten fand ich aber die Geschichte von Noah, weil darin so viele Tiere vorkamen.

Im Kindergarten erzählten sie auch eine Geschichte, in der Jesus starb. Er wurde gefoltert und ermordet. Da war mir die Version aus dem Koranunterricht viel lieber. Dort hieß es, Gott konnte nicht zulassen, dass Jesus gefoltert wurde, also holte er ihn zu sich in den Himmel, wo er bis heute lebt. Und eines Tages, wenn die Welt zu Ende ginge, käme Jesus wieder auf die Erde herab. Das bedeutete, dass Gott Jesus lieber haben musste als Mohammed, denn der war gestorben, während Jesus bei Gott im Himmel saß. Bestimmt durfte er Gott bei seiner Arbeit helfen. Vermutlich wurde Jesus mit den Engeln für den Telefondienst eingeteilt, oder er beobachtete die Menschen, ihre Fortschritte und ihre Entwicklung, um sich so auf seine Rückkehr vorzubereiten. Ich würde es verstehen, wenn er nicht mehr auf die Erde kommen wollte, denn die Menschen waren sehr gemein zu ihm und netter sind sie seitdem auch nicht geworden. Außerdem würde er mit dem technologischen Fortschritt überhaupt nicht klarkommen. Früher konnte er persönlich mit den Menschen in Kontakt treten, damit sie ihm folgten. Heute müsste er sich sowohl einen Twitter- als auch einen Instagram- und einen Snapchat-Account zulegen. Diese neuen Dinge machen ihm bestimmt Angst. Sie können in der Tat bedrohlich wirken, darum kann auch mein Opa Smartphones überhaupt nicht leiden.

Ich entdeckte, dass sie im Kindergarten zwar nicht den Propheten Mohammed, dafür aber Adam und Eva kannten. Wir glaubten an den gleichen Anfang. Vorher hatte ich gedacht, Adam und Eva gäbe es nur im Islam und sie seien aus einer Geschichte, die uns unsere Omas erzählt hatten, so wie Grimms Märchen. Wie bei allen Geschichten wurde hier und da etwas hinzugefügt oder weggelassen. In manchen Versionen hieß es, Eva wurde aus der Rippe Adams geschaffen. Oma Hayat in Wien mochte diese Version der Geschichte nicht. Sie war eine gläubige Frau, die den Dingen aber auf den Grund ging und genau recherchierte, wenn es um die Religion ging. An einem Abend holte sie ihren Koran, legte ihn auf ihren Schoß und erklärte mir: »Luna, wir Frauen werden im Islam unterdrückt, weil unsere Männer nicht richtig lesen können. Sie lesen Sätze nur zur Hälfte und verbreiten falsche Interpretationen. Seit Adam und Eva lastet auf uns Frauen die Schuld, die Frucht gepflückt und so die Menschheit aus dem Paradies vertrieben zu haben. Das stimmt aber nicht. Adam und Eva griffen gleichzeitig zu und entsprangen dem gleichen Staub.« Da hatte sie recht. Eva wurde nicht aus Adams Rippe geschaffen und der Staub, dem er entsprang, war kein anderer als bei Eva. Er war nicht stärker, intelligenter, schöner oder besser als sie. Sie waren beide dumm und konnten sich nicht zurückhalten, als sie die Frucht sahen. Vermutlich führte Gott deshalb den Ramadan und das Fasten ein. Im Kindergarten hing über der Tafel ein Bild, das Jesus als Baby in den Armen seiner Mutter Mariam zeigte. So hieß auch meine Freundin. Das Jesus-Baby sah nicht außergewöhnlich aus. Seine Superkräfte sah man ihm ebenso wenig an wie die Tatsache, dass es eines Tages so berühmt werden würde.

Wir lernten bereits im Kindergarten zu schreiben, zu lesen, zu zählen und zu malen. Als ich im darauffolgenden Sommer für wenige Monate einen österreichischen Kindergarten in Wien besuchte, war ich erstaunt, dass dort manche Kinder nicht einmal ihren Namen schreiben konnten. Es wurde den ganzen Tag lang nur gespielt, gesungen, geschlafen und gegessen.

Zurück in Damaskus wurde ich in einem neuen Kindergarten angemeldet, in dem ebenfalls nur Erzieherinnen arbeiteten. Manche von ihnen trugen Kopftücher, die so gebunden waren wie Omas Kopftuch. Andere trugen die Haare offen. Dort hatten wir auch eine Uniform, die wie ein Trainingsanzug aussah und sehr bequem

war. Ich trug diese grüne Uniform auch Jahre später noch daheim. Meine Schwester und ich wurden jeden Tag mit dem Bus von zu Hause abgeholt. Wenn wir zu spät kamen, war es nicht unsere Schuld, sondern die des Busfahrers. Manchmal gab es Stau oder der Busfahrer musste die vielen Schlaglöcher und Steine umfahren. Jeden Tag kamen neue Steine und Schlaglöcher dazu. Ein Freund meines Opas meinte, das liege daran, dass die Regierung das Land ausraube. Ich glaubte dann, die Regierung schickte Männer, die Tag für Tag Stücke aus der Straße schnitten und mitnahmen.

Einem Jungen wurde von der turbulenten Fahrweise des Busfahrers immer schlecht. Er musste sich häufig übergeben. Darauf war die Kindergärtnerin gut vorbereitet. Sie hatte den Bus mit Spuckbeuteln, Taschentüchern und großen Wasserflaschen ausgestattet. Wenn der Junge sich übergab, musste der Bus an der Seite anhalten und warten.

Wir wussten nie genau, wann der Bus vor unserem Haus hielt. Manchmal war er zu früh, sodass ich nur halb frisiert in den Kindergarten gehen konnte. Mama lief hinter mir die Treppe hinunter und machte mir zwischen Haustür und Bustür einen Zopf oder packte mir noch schnell das Pausenbrot ein. Manchmal mussten meine Schwester und ich aber auch unten vor der Haustür auf den Bus warten. Mama beobachtete uns dann vom großen Wohnzimmerfenster aus und winkte. Wir pflückten derweil Jasmin von dem riesigen Baum unserer Nachbarin, steckten uns die Blumen in die Haare, rieben sie an unserem Hals und pflückten auch ein paar für die Kindergärtnerin im Bus, die immer so nett war. Im Bus saßen dann schon meine Cousine Laila und mein Cousin Ali. Beide gingen mit uns in den gleichen Kindergarten, wurden aber immer vor uns abgeholt. Wenn die Erzieherin gut aufgelegt war, sangen wir im Bus arabische und englische Lieder, die wir im Kindergarten gelernt hatten. Wir klatschten mit, bewegten unsere Köpfe hin und her und schnipsten mit den Fingern.

Manchmal kam mir die Fahrt trotzdem ewig lang vor. Ich wünschte mir, ich könnte mich wie Gott von einem Ort zum nächsten beamen, ohne mit einem Bus fahren zu müssen. Ich hätte dann länger schlafen, schneller im Kindergarten und wieder zu Hause sein können. Im einen Moment war Gott in einem Zelt in der Wüste und im nächsten auf dem schneebedeckten Gipfel eines Berges am anderen Ende der Welt oder im Weltall. Dafür brauchte er weder ein Flugzeug noch ein Raumschiff.

Doch obwohl ich gern reiste und mich zwischen den Orten am wohlsten fühlte, hätte ich seinen Job nicht machen wollen. Ständig versuchten die Menschen ihn anzurufen, um mit ihm zu sprechen. Er hatte seit Tausenden von Jahren keinen Urlaub mehr machen und so wie ich am Meer Muscheln sammeln können. Oma sagte, Gott beschütze uns immerzu, was bedeutete, dass er auch in der Nacht und am Wochenende arbeiten musste. Er hatte keine einzige Sekunde für sich alleine, um in den Park zu gehen oder wie Opa Najm einen Kaffee zu trinken. Bestimmt war er sehr erschöpft.

Egal, wie groß oder klein die Probleme waren, Gott wurde pausenlos zu Rate gezogen. Doch es gelang ihm nicht immer, sie auch zu lösen. Das erkannte ich, wenn ich den Fernseher einschaltete. Die meisten dieser Probleme wurden von Menschen verursacht. Vielleicht lag es daran, dass er den Menschen zuletzt erschuf? Nach dem Licht, dem Wasser, dem Universum, der Erde,

den Pflanzen und den Tieren? Vielleicht erschuf er ihn deshalb so spät, weil er sich nicht sicher war, ob das überhaupt eine gute Idee war. Alles schien im Einklang zu sein, bis der Mensch kam. Zugegeben, er hat sich im Laufe der Zeit verändert, er hat hippere Frisuren, mehr Wissen und besitzt Smartphones, aber trotzdem braucht er, glaube ich, eine Art Update.

Wahrscheinlich waren alle Lebewesen im Paradies froh, als Adam und Eva auf die Erde mussten und das Paradies wieder ein Ort der Ruhe und des Friedens war. Denn ihr Chaos und ihr Drama nahmen sie natürlich mit auf die Erde. (Oma Habiba würde allerdings sagen, auch Chaos sei Gottes Wille.)

Je älter ich wurde, desto schwerer fiel es mir, an Gottes Pläne zu glauben. Im Gegensatz zu mir hatte Oma Habiba großes Vertrauen in diese Pläne, für sie geschah alles aus einem ganz bestimmten Grund. Ab und zu erkenne auch ich das, doch manches will mir nicht wirklich einleuchten.

Als mein erster Milchzahn anfing zu wackeln, gratulierten mir alle. Nun sei ich ein großes Mädchen, sagten sie. Als er ausfiel und ich weinte, weil es so weh tat, sagte Oma, Gott würde den Schmerz erträglicher machen und ich hätte das

Schlimmste schon hinter mir. Sie hatte recht, es wurde besser. Aber nur solange, bis der nächste Zahn an der Reihe war. Die Schmerzen begleiteten mich wochen- und monatelang. Nichts hatte Gott erträglicher gemacht.

Heute weiß ich, dass Gott Dschinni-ähnliche Eigenschaften hat und seine Gestalt verändern kann. Gott ist männlich und weiblich oder beides zugleich und kann sich in Tiere, Pflanzen und Dinge verwandeln. Gott ist blau, orange, rot und schwarz, je nachdem wo sich die Sonne gerade versteckt.

Luna Al-Mousli
Als Oma, Gott und Britney
sich im Wohnzimmer trafen
oder Der Islam und ich

Konzept Design
Gottschalk + Ash Int'l

Gestaltung
Luna Al-Mousli

Satz
Publikations Atelier, Dreieich

Foto Luna Al-Mousli
© Marie-Christine Gollner-Schmid

Druck und Bindung
Kösel GmbH & Co. KG, Altusried-Krugzell

Printed in Germany
Erste Auflage 2018
ISBN 978-3-86337-171-5

luniverse.xyz
weissbooks.com

FSC
www.fsc.org
MIX
Papier aus verantwortungsvollen Quellen
FSC® C013736

Dieses Buch wurde auf FSC®-zertifiziertem Papier gedruckt. FSC® (Forest Stewardship Council) ist eine nichtstaatliche, gemeinnützige Organisation, die sich für eine ökologische und sozialverantwortliche Nutzung der Wälder unserer Erde einsetzt.